metro

Patrícia Melo
Leichendieb

metro wurde begründet
von Thomas Wörtche

Zu diesem Buch

Curumbá, eine brasilianische Kleinstadt nahe der bolivianischen Grenze. Der Mann am Flussufer wollte eigentlich bloß angeln, doch plötzlich stürzt vor seinen Augen ein Flugzeug in den Strom. Er will helfen, aber der Pilot ist sofort tot. Andere Passagiere gibt es nicht, nur einen Rucksack. Darin: ein Paket Kokain. Der Finder überlegt kurz – und behält es. Seine Entscheidung treibt ihn Schritt für Schritt in die Kriminalität, und zieht ihn immer tiefer hinab in den brasilianischen Drogensumpf, in dem bald seine ganze Welt zu versinken droht. Ein bestechend genaues Porträt der lateinamerikanischen Drogenmafia und ein atemloser Roman über das Böse in uns.

»Eine beispielhafte Geschichte von der überwältigenden Kraft der Umstände, durchwoben mit einem unaufdringlichen Faden erzählerischer Ironie, der es erlaubt, die Lektüre mit einem kleinen Grinsen zu begleiten.« *taz*

Die Autorin

Patrícia Melo (*1962 in São Paulo) zählt zu den wichtigsten Stimmen der brasilianischen Gegenwartsliteratur. Nach ihrem Studium in São Paulo arbeitete sie beim Fernsehen. In ihrem sozialkritischen Werk, bestehend aus Kriminalromanen, Hörspielen, Theaterstücken und Drehbüchern, beschäftigt sie sich mit der Gewalt und Kriminalität in Brasiliens Großstädten. Melo wurde u. a. mit dem Deutschen Krimipreis und dem LiBeraturpreis ausgezeichnet, die *Times* kürte sie zur »führenden Schriftstellerin des Millenniums« in Lateinamerika. Sie lebt in Lugano.

Im Unionsverlag sind außerdem lieferbar: *Gestapelte Frauen; Trügerisches Licht* und *Der Nachbar.*

Die Übersetzerin

Barbara Mesquita, geboren 1959 in Bremen, arbeitet u. a. als Literaturübersetzerin für Portugiesisch und Spanisch mit Schwerpunkt auf den lusofonen Ländern Afrikas. Sie hat u. a. Patrícia Melo, Luis Fernando Veríssimo, Pepetela und Arménio Vieira übersetzt.

Mehr über die Autorin und ihr Werk auf *www.unionsverlag.com*

Patrícia Melo

Leichendieb

Kriminalroman

Aus dem Portugiesischen
von Barbara Mesquita

Unionsverlag

Die Originalausgabe erschien 2010 im Verlag Editora Rocco Ltda., Rio de Janeiro.
Die deutsche Erstausgabe erschien 2013 im Tropen Verlag.

Im Internet
Aktuelle Informationen, Dokumente und Materialien
zu Patrícia Melo und diesem Buch
www.unionsverlag.com

Unionsverlag Taschenbuch 978

Diese Ausgabe erscheint in Vereinbarung mit
der Literarischen Agentur Mertin Inh. Nicole Witt e. K., Frankfurt am Main
Originaltitel: Ladrão de Cadávares

Neptunstrasse 20, CH-8032 Zürich
Telefon +41 44 283 20 00
mail@unionsverlag.ch

Reihengestaltung: Heinz Unternährer
Umschlagmotive: Mülltüte – Carolyn Franks (Alamy Stock Photo);
Wolke – Avesun (Shutterstock)
Umschlaggestaltung: Peter Löffelholz
Satz: Fotosatz Amann
Druck und Bindung: CPI – Clausen & Bosse, Leck
ISBN 978-3-293-20978-7

Der Unionsverlag wird vom Bundesamt für Kultur mit einem
Verlagsförderungs-Strukturbeitrag für die Jahre 2021–2024 unterstützt.

Auch als E-Book erhältlich

Für Pedro Henrique

TEIL I

Die Leiche

»Leichen ertragen kein Nomadendasein.«
TOMÁS ELOY MARTÍNEZ

I

Wir suhlen uns in der Hitze.

Auf der Galerie höre ich Schritte, aber ich bin zu schlapp, um zu schreien.

Sie flüstern, stolpern, machen irgendwas kaputt, lachen.

Die Fahrradwerkstatt unten hat geschlossen. Die Kinder im Viertel, eine ganze Bande, machen sich einen Spaß daraus, die Nachbarn auszuspionieren. Steigen auf Dächer, klettern auf Bäume, zwängen sich in Luken. In der Ferne höre ich Seifenkisten über den Asphalt rattern. Sie pfeifen.

Diese blöden Möchtegernindios, sagt Sulamita; steht auf, nackt, und geht ins Bad.

Die Alte unten schreit. Die Indiofrau. Gestern noch hat sie mir erzählt, dass sie aus den Fasern der Acuri-Palme etwas flechten könne.

Wenn Sulamita bei mir schläft, regt sie sich auf. Behauptet, ich müsse mir eine Arbeit besorgen, hier wegziehen, mir ein anderes Viertel suchen. Diese Scheißindios, sagt sie wieder und wieder.

Mir gefällt es hier. Und in Corumbá. Auch an die Kinder habe ich mich schon gewöhnt, die in meiner Abwesenheit oft in meinen Sachen wühlen. Und ich mag auch die alte Indiofrau und muss an sie denken, wenn ich angeln gehe.

Ich höre, wie Sulamita im Bad einen Eimer Wasser volllaufen lässt. Tu es nicht, sage ich, vergebens. Auf Zehenspitzen geht sie zur Tür und überrascht die Kinder, die aufgereiht vor dem Fenster hocken, von hinten.

Ich höre, wie sie johlend und lachend davonlaufen.
Erst jetzt öffne ich die Augen.
Es ist Sonntag.

2

Der Reporter erklärt: Dreiunddreißigtausend junge Menschen werden in den kommenden vier Jahren ermordet werden. Ich sehe im Geist einen Polizisten vor mir, der das Feuer auf sie eröffnet. Schwarze, hinterrücks erschossen, stelle ich mir vor. Arme Leute. Sehe die an der Wand klebende Hirnmasse am Ort des Gemetzels. Und Wundränder. Der Reporter sagt: Den Statistiken zufolge werden die Toten Schwarze und Dunkelhäutige sein. Irgendjemand muss den Gehweg sauber machen, überlege ich.

Ich liebe es, mich nach einer kalten Dusche und einem starken Kaffee in meinen schrottreifen roten Pick-up zu setzen, das Radio anzuschalten und mich von dem Sprecher über den weltweiten Verfall der Börsenkurse berieseln zu lassen, über Massenmorde, Erdbeben, Angriffe der Taliban, Entführungen, Überschwemmungen, Morde, Epidemien, Vergewaltigungen und kilometerlange Staus. Das beruhigt mich, ist Teil meiner Genesung. Ich höre das alles mit dem guten Gefühl, nicht Zielscheibe von irgendetwas zu sein, ich falle aus den Statistiken heraus, bin nicht reich, bin nicht schwarz, bin kein Moslem, das sind meine Gedanken, ich bin gerettet, geschützt in meinem Wagen, während ich weiter nach Remédios fahre und in die Estrada Velha, die alte Landstraße, einbiege, immer bei offenem Fenster, um den Geruch der Natur zu spüren, der mir in die Nase steigt.

Manchmal schläft Sulamita bei mir. An den Tagen aktiviere ich mein inneres Antivirusprogramm und höre mir ihre

Geschichten über das an, was auf der Polizeiwache passiert, in der sie als Verwaltungsangestellte arbeitet.

Beschlagnahmungen von Drogen, Haftbefehle, Razzien, Korruption und Betrug. Die Leute versauen sich nämlich reihenweise ihr Leben. Heute hat sie mir, während wir frische Brötchen aßen, von einer Frau erzählt, die mit einem Messer im Ohr auf die Wache kam.

So hatte dieser Sonntag für mich begonnen. So weit, so gut, sagte ich zu mir selbst. Zumindest habe ich kein Messer im Ohr stecken. Uns geht es gut. Alles unter Kontrolle, Over.

Ich parkte auf der ersten Brücke, stieg hinunter zur Kanalmündung, lauschte eine Weile lang dem Quaken der Frösche und überlegte, wo ich angeln wollte.

Ich musste an den Tag denken, an dem Sulamita und ich mit dem Fahrrad zur Grotte gefahren waren. Eine schwachsinnige Idee, sagte Sulamita. Der Weg war aufgeweicht von den Überschwemmungen, der Schlamm reichte uns bis zu den Knöcheln. Sulamita schimpfte den ganzen Weg über, während sie das Rad schob. Dann badeten wir im eiskalten Wasser der Grotte.

Von der Brücke aus war so gut wie kein Tier zu sehen, nicht mal ein Wasserschwein oder ein Alligator, wegen der Fazendas, der Landgüter, in der Nachbarschaft. Einige Tukane und Krähen flogen über das flache Unterholz und suchten in den Wasserlachen, in denen sich das Sonnenlicht spiegelte, nach Nahrung.

Es war so heiß, dass die Viehtransporter der Gegend sich nicht auf die Straße trauten. Mir lief der Schweiß das Gesicht herab.

Ich ging zurück zum Wagen und fuhr in den Wald, mitten zwischen den Caranday-Palmen hindurch. Folgte dem Pfad, so weit es ging, mein Angelzeug, die Kühltasche mit dem Bier, Winde, Angelrute, Haken und etwas Erdnusskonfekt hatte ich dabei.

Nachdem ich das Auto unter einem Baum abgestellt hatte,

lief ich mit meinem Angelzeug und dem Kescher zu Fuß weiter bis zum Fluss, dem Rio Paraguay. Ich weiß nicht, wie lange ich ging. Mein Kopf dröhnte in der Sonne. Unterwegs legte ich an der Grotte, bei der ich mit Sulamita gewesen war, eine Pause ein. Erschöpft zog ich mich aus und ließ mich lange im Wasser treiben, spürte die Kühle in meinem Körper, bis meine Schläfen aufhörten zu pochen.

Ausgeruht ging ich den Pfad weiter bis zum Fluss.

Es war Januar, der Monat, in dem die Fischschwärme zum Laichen die Flüsse bis zur Quelle hinaufziehen. Um diese Zeit ist das Fischen verboten, man darf weder Wurfnetze noch Kescher oder Reusen verwenden. Der Vorteil ist, dass man den Ort ganz für sich alleine hat.

Ich setzte mich hin und machte ein Bier auf. Es war einer dieser ruhigen, sonnigen Sonntage, an denen die Gedanken ziel- und sorglos vor sich hin schweifen.

So verbrachte ich den Nachmittag, halb benommen vom Bier, schaute auf den dahinfließenden Fluss. Eine laue Brise umwehte mich.

Ich angelte so viel, wie ich zu Fuß bis zum Wagen transportieren könnte. Zwei Mühlstein- und drei Schlammsalmler sowie einen Antennenwels, an die zehn Kilo.

Dann legte ich mich in den Schatten, aß etwas von dem Erdnusskonfekt, schloss die Augen und wartete mit dem Rückweg, bis es sich etwas abgekühlt hätte. Keine Ahnung, wie lange ich schlief. Ich träumte, ich hätte eine Liste der Nebenstellen anzufertigen und mich über Funk mit den Telefonistinnen abzustimmen, Over. All das war schon enorm lange her, aber das Funkgerät geisterte noch immer durch meine Albträume.

Ich wachte mit Herzrasen auf, hörte Motorenlärm. Als ich zum Himmel schaute, erblickte ich ein tieffliegendes Flugzeug, dachte, jemand würde Luftaufnahmen machen.

Ich weiß nicht genau, wie alles passierte. Plötzlich eine Explosion, und das Flugzeug stieß in den Rio Paraguay wie ein Fischreiher.

3

Die Nase der einmotorigen Maschine war an der engsten und verwinkeltesten Stelle in den Rio Paraguay getaucht, in einem nicht schiffbaren Teil des Flusses. Einer ihrer Flügel hatte sich in sein flaches Bett gebohrt. Aus dem Motor stieg dunkler Qualm.

Ich zog Turnschuhe und Hose aus, watete in den Fluss und schwamm zum Flugzeug. Das Wasser reichte mir kaum bis über die Hüfte. Gleich beim Erklimmen des Rumpfs entdeckte ich den Piloten, einen großen, jungen Kerl mit kantigem Gesicht. Das Blut schoss ihm aus der Wunde an der Stirn.

Ich zog die zum Teil aus dem Wasser ragende rechte Tür gewaltsam auf und stieg ins Innere. Erklärte dem Piloten, er brauche sich keine Sorgen zu machen, ich würde ihn zu meinem Wagen bringen, und über mein Handy würden wir Hilfe holen. Sie haben großes Glück, sagte ich, während ich ihn vom Sicherheitsgurt befreite, wirklich großes Glück, vom Himmel zu stürzen und noch am Leben zu sein.

Genau in dem Augenblick, als ich ihm sagte, was für ein Glückspilz er sei, verlosch er. Zuvor gab er noch einen unterdrückten Seufzer, fast ein Stöhnen, von sich. Ich überprüfte seinen Puls, Fehlanzeige.

Panik packte mich.

Das Flugzeug begann, voller Wasser zu laufen. Ich öffnete die Tür, um zu verhindern, dass wir von der Strömung mitgerissen würden, ohne mir ganz sicher zu sein, ob meine Annahme stimmte.

Keuchend und Wasser schluckend schwamm ich zurück zum Ufer, nunmehr voller Angst vor den Piranhas. Versuchte das Handy in meiner Hosentasche anzuschalten, aber es hatte kein Netz.

Ich kehrte zum Flugzeug zurück, stieg ins Cockpit und setzte mich auf den Sitz des Kopiloten. Einige Minuten lang lauschte ich dem an den Rumpf schlagenden Wasser und überlegte. Vielleicht sollte ich den Kerl besser aus dem Fluss holen. Allerdings war es völlig aussichtslos, ihn zum Wagen zu schleppen. Der Junge war kräftiger gebaut als ich, wog bestimmt an die achtzig Kilo. Ich hätte ihn zum Auto schleifen können. Die Vorstellung, eine Leiche zu tragen, verstörte mich.

Es würde auch keinen Unterschied machen, ihn bis zur Bergung dortzulassen.

Von der Straße aus könnte ich die Polizei alarmieren. In weniger als drei Stunden würde sie dort eintreffen.

Abermals fühlte ich den Puls des Mannes. In dem Moment bemerkte ich den ledernen Rucksack, der hinten am Sitz befestigt war.

Darin fand ich eines dieser unverwechselbaren Päckchen, die man aus dem Fernsehen von Reportagen über die Sicherstellung von Drogen kennt. Eine kompakte weiße Masse, in dicke Plastikfolie eingeschweißt und mit Klebeband umwickelt. Ich bohrte ein kleines Loch in die Verpackung und rieb mir probehalber etwas Pulver aufs Zahnfleisch. Zwar war ich kein Fachmann für diese Dinge, aber auch kein Laie. Meine Zunge wurde taub. Und mein Rachen ebenfalls.

Ich überlegte eine Weile und dachte an die Polizeiwache, an der ich auf dem Weg nach Corumbá vorbeikommen würde. Bei der Vorstellung von einem Riesenhaufen Geld dauerte es keine Minute, bis ich meine Entscheidung getroffen hatte.

Ich weiß nicht, wer das gesagt hat, aber es stimmt absolut, der Mensch ist nicht lange ehrlich, wenn er alleine ist.

Aus demselben Grund nahm ich dem Piloten auch die Armbanduhr ab und verschwand.

4

Ein Jahr zuvor war ich Geschäftsführer für Telefonmarketing bei einem Callcenter in São Paulo gewesen und verantwortlich für den Verkauf von Fitnessgeräten, die man zusammenklappen und unters Bett legen kann und die man dann nie wieder benutzt. Ich hatte schon Schlimmeres verkauft, Kreditkarten, Wasserfilter und Gürtel zum Schlankwerden. Ich lebte an meiner Grenze, vollgepumpt mit Kaffee, rannte wie ein aufgeschrecktes Kaninchen durch die Flure des Callcenters, schrieb Berichte und koordinierte über Funk die Verkaufsteams, stets mit dem Gefühl, meiner Arbeit hinterherzuhinken.

Zu meinen Aufgaben gehörte es, die neuen Mitarbeiterinnen in Powerpoint, Word, Excel und Outlook zu schulen, eine schwierige und langwierige Übung, die stets meine Migräneanfälle auslöste. Eine junge, unerfahrene Angestellte war gerade von mir eingewiesen worden, als ich bei der Beaufsichtigung ihrer ersten Gespräche am Telefon gleich am Morgen ihres ersten Einsatztages feststellte, dass sie Schwierigkeiten beim Aussprechen bestimmter Wörter hatte. Und das nach der beinharten Schulung. Was haben Sie da in Ihrem Mund?, fragte ich.

Sie zeigte mir das Piercing, das sie sich tags zuvor in die Zungenspitze hatte stechen lassen.

Sie grinste verlegen, als ob sie etwas angestellt hatte. Das gab mir den Rest. Als ob man so arbeiten könnte, zischelnd, Wörter

Menschen entgegenspuckend, die nicht mit einem reden wollen, die sofort den Hörer auflegen, wenn sie merken, dass man ihnen etwas andrehen will. Wollen Sie etwas verkaufen? Wiederhören, sagen sie, kein Interesse. Ich will nichts kaufen. Und knallen den Hörer auf. Und sie, meine Angestellte, mit einem Zungenpiercing.

Wie wollen Sie so mit unseren Kunden sprechen?, fragte ich.

Sie grinste betreten und legte den Kopf in den Nacken.

Ich erinnere mich nur noch an den Hass, der in mir hochstieg, und dann an die Ohrfeige, die ich ihr versetzte.

Alle fanden, dass ich ein angespannter Typ sei, aber einer, der sich unter Kontrolle hätte. Ich dachte das auch.

Man versteht nie, wie ein verantwortungsbewusster, fleißiger Bürger eine Waffe ziehen und bei einem Streit im Straßenverkehr einen Autofahrer erschießen kann. Dabei ist es eigentlich ganz simpel. Es passiert auf die gleiche Weise, wie ich meine Angestellte ohrfeigte. Die Waffe liegt da, im Handschuhfach. Auf einmal versperrt so ein Typ einem auf der Kreuzung den Weg, man springt aus dem Wagen und verpasst ihm einen Schuss in die Stirn. So einfach ist das.

Unverzüglich brachte ich das Mädchen in mein Büro, sie erschrocken, ich noch erschrockener. Hier, trinken Sie Wasser, sagte ich, setzen Sie sich, nehmen Sie das Tuch hier. Ich bat sie um Verzeihung, auf jede erdenkliche Weise. Aber ich konnte mir selbst nicht verzeihen und noch viel weniger verstehen, wie ich mich dem Mädchen gegenüber so hatte verhalten können. Sie saß nur still da, den Blick zu Boden gerichtet. Wie ein geprügelter Hund. Sie besaß nur diesen immer gleichen abgetragenen schwarzen Hosenanzug, seit dem ersten Tag der Schulung kam sie damit in die Firma. Ein Mädchen, sauber und abgewetzt. Blass. Sah aus wie eine Wasserflasche. Leer. Man hat es satt, Leute wie sie zu sehen, so gewöhnlich. Stehen mit ihren ordinären

Taschen an der Bushaltestelle, drücken Fahrstuhlknöpfe, verkaufen Eintrittskarten im Kino. An diesem Tag bemühte sie sich, nicht vor mir loszuheulen. Darf ich auf Toilette?, fragte sie. Wir beide dort, einander vis-à-vis, ich wusste nicht, was ich machen sollte. Entschuldigung, sagte ich. Entschuldigen Sie bitte vielmals. Ich bot ihr meine Toilette an, Geschäftsführer haben dieses Privileg, aber sie wollte lieber die Angestelltentoilette benutzen. Fünf Minuten später kam sie wieder, ohne Piercing, das Gesicht gewaschen, und bat um Erlaubnis, an ihren Platz zurückkehren zu dürfen.

Die folgenden Tage waren schrecklich. Als hätten wir beide ein Verbrechen begangen. Es herrschte ein so bleiernes Klima zwischen uns, dass sie mir kaum einen guten Morgen zu wünschen vermochte. Vor lauter schlechtem Gewissen und Verlegenheit vermied ich sogar, an ihrem Platz vorbeizugehen. Wartete darauf, dass sie mich anzeigte. Nachts im Bett konnte ich bei dem Gedanken daran nicht schlafen. Aber sie zeigte mich nicht an.

So ging es eine Woche lang. Am achten Tag erschien sie nicht. Als ich ihren leeren Stuhl sah, überkam mich eine schlimme Vorahnung. Kurz darauf rief jemand aus ihrer Familie an und teilte mir mit, dass sich das Mädchen aus dem zehnten Stock gestürzt hatte.

Bei der Beerdigung sah ich aus der Ferne ihren Ehemann, mit Irokesenhaarschnitt und exzentrischem Outfit, Ringen in Ohr und Nase und der zweijährigen Tochter auf dem Arm.

Ich weiß, es war nicht meinetwegen. Sie hatte schon mit dem Abgrund geliebäugelt. Ich hatte ihr nur den Anlass gegeben zu springen.

Wer war dieses Mädchen?, fragte mein Chef bei seiner Rückkehr von einer Reise, als er von der Sache hörte. Tage später kannten sämtliche Verkäuferinnen die Geschichte von der Ohrfeige und weigerten sich, Anordnungen von mir entgegenzunehmen und mit mir zu sprechen. Die Nachricht verbreitete sich wie ein Virus im Gebäude und in der Umgebung. Angestellte aus anderen Stockwerken, von anderen Unternehmen wandten sich im Fahrstuhl oder in dem Restaurant, wo ich jeden Tag zu Mittag aß, von mir ab. Das ist er, tuschelten sie, wenn ich vorbeikam. Es war seinetwegen, hieß es. Der Ohrfeiger. Ich wurde zu einer Art Berühmtheit. Ich war die Pest, der Teufel. Jemand schrieb ans schwarze Brett des Callcenters: Hau ab, du herzloses Monster!

Ich habe keine andere Wahl, teilte mir mein Chef mit, als er mich entließ.

Ich geriet sofort in eine Krise. Kam nicht aus dem Bett und nahm so viel Schlafmittel, dass ich einer Maschine ähnelte, die man an- und abschaltete.

Du bist ja in einem furchtbaren Zustand, sagte mein Cousin Carlão, als er mich zufällig in São Paulo besuchte. Zufällig lud er mich ein, ein paar Wochen bei ihm zu verbringen.

So kam es, dass ich nach Corumbá zog. Zufällig.

5

Die Waage im Bad zeigte ein Kilo und einhundert Gramm.

Es hieß, in den Staaten sei es das Doppelte wert und in Europa das Dreifache, aber ich hatte nicht vor, die Sache weiter voranzutreiben. Und auch nicht den Mut. Eigentlich war mir das Geld scheißegal. Ich wollte nur genügend, um eine Weile nicht mehr arbeiten zu müssen.

Ich wog den Stoff sicherheitshalber noch zweimal.

Dann steckte ich alles wieder zurück in den Rucksack, kletterte auf einen Stuhl, öffnete die Klappe vom Wassertank und verstaute den Rucksack dahinter.

Mein Zimmer befand sich an der Peripherie von Corumbá und gehörte einem Kaziken des Guató-Volkes, der weder Guató sprach noch Kanu fahren konnte.

Es war größer als meine vorherige Bleibe, eine Hütte an der 26A, einer Landstraße, wo es nichts gab als Kröten und Buschwald. Ich gewöhnte mich nur schwer an den Ort mit surrenden Fliegen, Schlamm und Landbewohnern, die nichts zu bieten hatten außer Kameradschaft. Dort fühlte ich mich hohl und leer, und wenn ich nachts die Augen schloss, gingen mir weder der Lärm von São Paulo noch mein Büro in der Avenida São Luís mit seinen nackten, von der Neonreklame des Fitnessstudios gegenüber meinem Fenster erleuchteten Wänden aus dem Sinn.

Manchmal träume ich noch immer von meiner selbstmörderischen Telefonverkäuferin, ihrem farblosen Gesicht, und wache von dem trockenen Knall der Ohrfeige auf, als würde mich jemand angreifen. Aber inzwischen kann ich an São Paulo schon wie an eine Art Zerstäuber denken, der mich in etwas Winziges, Schwaches und leicht zu Zerquetschendes verwandelt hat, das imstande war, seiner eigenen Mitarbeiterin eine runterzuhauen. Eine echte Krankheit, diese Stadt. Wie die, von denen Soldaten befallen werden, wenn sie eine Uniform anlegen und in den Krieg ziehen. Oder Untergebene bei der Ausführung von Befehlen. Nicht weil es ihnen gefallen würde, sich aufs Schlachtfeld zu begeben oder Befehle auszuführen. Es ist eher eine Frage der Konsequenz, schließlich ist man dort, um bestimmte Dinge zu tun. Man muss sich anpassen. Und man fügt sich rasch ein. Es hätte schlimmer kommen können, dachte ich. Ich hätte einen Autofahrer auf der Straße umbringen können. Hätte Computerbetrug begehen, Geld veruntreuen oder mich aus dem zehnten Stock stürzen können. Auf jeden Fall war ich in ein Loch gestürzt, darin versunken und vergammelt wie eine Tomate auf dem Asphalt, wenn der Markt vorüber ist. Ich war gerade noch mal davongekommen. So dachte ich über die Stadt. Und schwor, nie in dieses Leben zurückzukehren. Nie wieder, Over.

Rita, die Frau meines Cousins, hatte mir aus dem Loch herausgeholfen. Als ich sie das erste Mal sah, sonnte sie sich gerade im Bikini bei der Tankstelle, und schon damals konnte man die elektrischen Funken spüren, die sie versprühte, um mich zu verbrennen. Sie war sechsundzwanzig Jahre alt und verkaufte Kosmetikartikel an der Haustür. Hübsch war sie nicht. Aber in ihrem Gesicht war etwas, das jedem auf Anhieb gefiel. Als Carlão mir das erste Mal von ihr erzählte und dabei erwähnte, dass er ihretwegen Frau und Töchter verlassen habe, war es genau diese Seite von Rita gewesen, die er meinte, ihre Neugier, ihr Lächeln, ihre Heiterkeit, er hatte sie sehr gut beschrieben. Ihre Nase war etwas zu groß, das Haar gefärbt, die Füße knochig und winzig klein, aber auf nichts davon achtete man in ihrer Gegenwart.

Wenn Carlão einkaufen fuhr oder verreiste, kam sie herunter zur Tankstelle und leistete mir Gesellschaft. Kam mit frischem Kaffee auf mein Zimmer. Wir gingen schwimmen, in irgendeinem See in der Nähe. Dieser Ort hier ist das Ende der Welt, sagte sie immer. Endstation. Schau dir bloß mal an, wohin es dich verschlagen hat. Einen Schritt weiter, und du bist im Jenseits. Wenn du dich in der Richtung irrst, landest du in Bolivien.

Manchmal saßen wir still nebeneinander, rauchten und blickten auf die leere Landstraße, bis sie mich eines Tages fragte, wer das Mädchen sei, das mich jeden Tag anrief. Unsere Gesichter waren einander so nahe, dass ich den Kaffeegeruch ihres Atems spüren konnte. Meine Freundin, sagte ich. Und Sulamita soll der Name eines Menschen sein, fragte sie. Ich dachte, es sei ein Erz hier aus der Gegend. Aluminiumphosphat oder so. Ich lachte. Sie blieb ernst und sagte, sie sei gerade dabei, sich in mich zu verlieben.

Am nächsten Tag machte ich mich aus dem Staub, ich wollte keine Probleme mit meinem Cousin.

Nun war ich hier, ohne Arbeit und mit einem Kilo Koks, versteckt hinter einer Bodenklappe.

Bevor ich duschte, ging ich die Treppe hinunter, über den Gang neben der Fahrradwerkstatt und schenkte der alten Indiofrau, der Mutter des Fahrradhändlers, die Fische. Serafina war ihr Name.

Es gab noch ein paar Guatós in der Nachbarschaft, ich sah sie dort, mit ihren Mandelaugen, ihren Badelatschen, spätnachmittags spielten sie Fußball, übernahmen jede Art von Arbeit, Reparaturen von Blechschäden, Wachdienst, Putzen, sie würden sich nicht mehr an das Leben auf der Insel gewöhnen, von der das Militär sie vertrieben hatte und wohin sie später wieder zurückkehren durften, als die Pfarrer der Gegend sich für sie einzusetzen begannen. Serafina war lieber in der Stadt geblieben, nachdem ihr Mann wegen Herzproblemen im Krankenhaus gelegen hatte.

Das einzige Problem bestand darin, dass sie nun, wo der alte Kazike gestorben war, bei ihrem Sohn wohnen musste. Die Familie lebte zusammengepfercht in zwei Räumen. Serafina schlief mit den drei Enkeln in der Küche, die direkt neben dem ehelichen Schlafzimmer lag. An den Wänden lehnten Schaumstoffmatratzen und hinter dem Kühlschrank hing Wäsche zum Trocknen. Das Schmieröl aus der Fahrradwerkstatt kroch allmählich die Wände hoch.

Die Schwiegertochter gehörte nicht zu dem Indiovolk und regte sich auf, wenn die Alte Guató sprach. Die kleinen Indiokinder bekamen von der Mutter wegen nichts und wieder nichts eine Ohrfeige, und manchmal war auch für Serafina eine übrig, und zur Strafe wurde sie sogar auf die Straße gesetzt.

Wenn das passierte, nahm ich sie mit in mein Zimmer. Sie war stets ganz verstört, ratlos, und fragte mich, meinst du, es war, weil ich an den Kühlschrank gegangen bin? Ich habe mir eine Banane genommen. War es vielleicht wegen der Banane?

Sie sind alle in den Supermarkt gegangen, sagte sie an dem Abend, sie kommen gleich zurück, vollgepackt mit Konserven und Keksen, fügte sie hinzu und seufzte. Ich habe gebratene Wurst. Willst du welche? Ich überlegte, dass es gut wäre, nicht aus dem Haus zu gehen, mit dem ganzen Schnee hinter der Bodenklappe, der in meinem Kopf tickte wie eine Zeitbombe. Ich aß rasch, bedankte mich und ging zurück in mein Zimmer, um zu sehen, ob sie im Fernsehen irgendeine Nachricht über ein verschwundenes Flugzeug bringen würden.

6

Die Nachricht, auf die ich wartete, kam erst im Laufe des Vormittags. Die Reporterin sagte, der Pilot sei seit Sonntag verschwunden. Sein Name lautete José Beraba Júnior, aber das wusste ich bereits aus den Papieren, die ich in dem Rucksack gefunden hatte. Was ich nicht wusste: Der Junge war der Sohn eines reichen Viehzüchters aus der Gegend. Die Bilder zeigten den Piloten bei einem Pferderennen, beim Skilaufen in Aspen und zusammen mit seinem Vater beim Impfen des Viehs. Es hieß, die Suche nach der verschollenen einmotorigen Maschine werde sich auf die unmittelbare Umgebung von Corumbá konzentrieren, wo laut dem Radarbericht der letzte Kontakt am Sonntag gegen sechzehn Uhr bestanden hatte. Zum Abschluss des Berichts eine Stellungnahme seiner Freundin: Ich weiß, dass Júnior am Leben ist, sagte sie, und bitte alle, für ihn zu beten. So weit, so gut, dachte ich. Alles unter Kontrolle, Over.

Ich holte einen Stuhl und zog den Rucksack des Piloten hinter der Bodenklappe hervor.

In aller Ruhe breitete ich seinen Inhalt auf dem Tisch aus und besah mir genau jeden einzelnen Gegenstand: Uhr, Brille, Brieftasche, Schlüssel, Telefon und zwei Stifte. Und das Päckchen mit den Drogen.

In der Brieftasche fand ich mehrere Kreditkarten, zwei Hunderterscheine, drei Zehner und den Personalausweis des Piloten. Es war auch ein kleiner Ausweis vom Viehzüchterverband Mato Grosso do Sul darin.

Es wäre besser, all das loszuwerden und den Rucksack, vorsichtshalber noch mit Steinen beschwert, in den Fluss zu werfen. Das würde ich tun, wenn ich das nächste Mal angeln ginge.

Die Uhr streifte ich mir über das Handgelenk und stopfte den Rest der Sachen zurück in den Rucksack, ehe ich ihn wieder hinter der Klappe versteckte.

Während ich mich anzog, fiel mir die Pfandleihe des alten Arabers in der Nähe vom Friedhof Santa Cruz wieder ein, wo ich gleich nach meiner Ankunft in Corumbá den Ehering meiner Mutter versetzt hatte.

Um elf Uhr morgens flirrte die Stadt vor Hitze. Ich parkte hinter dem Friedhof, und als ich aus dem Auto stieg, beschlugen die Gläser meiner Sonnenbrille. Schweißgebadet betrat ich den Laden und zeigte dem Araber die Uhr.

Aufmerksam inspizierte er den Aufkleber mit dem grünen Hologramm auf der Rückseite der Uhr, auf dem die Seriennummer stand. Dann rechnete er mit dem Taschenrechner und bot mir einen Betrag, den ich sofort akzeptierte. Bereitwillig unterschrieb ich den Pfandschein.

Auf dem Weg zurück zum Auto betastete ich das Geld in meiner Tasche und dachte, dass ich damit zumindest fürs Erste zurechtkommen würde.

Bevor ich heimkehrte, kaufte ich eine Präzisionswaage, Plastikfolie, Klebeband und eine Tüte voller roter Sterne.

Das würde mein Markenzeichen werden, Over.

Gegen sieben parkte ich vor dem Kommissariat und wartete auf Sulamita. Sie kam in Begleitung des Ermittlers Joel heraus. Ciao, Süße, sagte er. Ciao, Tranqueira. So nannten sie einander, Süße und Tranqueira, das Bollwerk.

Auf dem Weg nach Hause kauften wir eine Pizza. Aßen vor dem Fernseher zu Abend und tranken Bier, ich stets mit einem Ohr bei den Nachrichten.

Später im Bett versuchte ich, Sulamita ein paar wichtige Informationen zu meinem Vorhaben zu entlocken. Stellte eine Reihe von Fragen, eine nach der anderen, behutsam, um mich nicht zu verraten. Zwischendurch Lob. Und Küsse, Over. Dann ging es wieder mit den Fragen weiter.

So erfuhr ich, dass das Drogengeschäft in Corumbá nicht anders funktionierte als im restlichen Brasilien, was bedeutete, dass es keine Kartelle und keine Mafia mehr gab, sondern ein Netz von Geschäftsleuten, die im Dienste des Drogenhandels eine Mischung aus Autovermietungen, Viehfarmen, Schlachthöfen, Lagern und Lufttaxiunternehmen betrieben und Autodiebstähle begingen, Autos ausschlachteten und mit Autoteilen handelten. Es war schwer, in das Geschäft einzusteigen. Man brauchte Dinge, die ich nicht hatte. Musste die richtigen Leute kennen, aber ich stammte noch nicht mal aus Corumbá. So funktioniert das Drogengeschäft im großen Stil, sagte Sulamita. Beim Verkauf an die Konsumenten sind die Dealer an kein spezielles Modell gebunden. Das ist mein Segment, dachte ich. Einzelverkauf, Over. Das sind Leute, die alleine arbeiten, erklärte Sulamita, oder Drogenkuriere, die hier am Stadtrand angeheuert werden, Arbeitslose, Leute mit Schulden, die sich darauf einlassen, Drogen wohin auch immer zu schmuggeln. Die ergreifen wir bei den Razzien. Ich meine damit nicht mich. Ich mache dabei nicht mit. Als Verwaltungsangestellte hat man keine spezifischen Aufgaben. Man stopft Löcher, macht das, was die anderen nicht tun wollen, wozu sie keine Lust haben. Das ist meine tägliche Routine. Ich bin ständig bei Vernehmungen und Anhörungen und verwende dabei das, was ich die »Indirektsprache« nenne. Der Obengenannte wisse von nichts. Er habe das Opfer nie gesehen. Habe nie getötet. Habe nie gestohlen. Er sei am Tattag nicht in der Stadt gewesen. Er habe keine Aussage zu machen. Mir hängt das alles zum Hals heraus, sagte Sulamita. Ich werde dort aufhören, ich habe mich schon für die Stelle als Leiterin des Leichenschauhauses beworben.

Um kurz vor elf klingelte mein Handy. Es war Rita.

Ich bin traurig, sagte sie, kriege keinen Bissen herunter. Kann ich zu dir kommen?

Ich hatte den Eindruck, dass sie betrunken war. Falsch verbunden, sagte ich.

Ist das Bauxit bei dir?

Kenne niemanden, der so heißt, sagte ich.

Wetten, dass du an mich denkst.

Und legte auf.

Sulamita war in meiner Nähe, ich befürchtete, dass sie mitgehört hatte.

Verwählt, sagte ich.

Ich weiß nicht, ob sie es glaubte. Zumindest sagte sie nichts.

In der Nacht schliefen wir beieinander. Oder vielmehr Sulamita schlief. Ich lag wach da, schaute an die Decke und dachte nach. Dachte an die Leiche, Over.

Furchtbar, vom Himmel zu stürzen und so zu sterben.

7

Erbarmungslos ergriff die Sonne von allem Besitz. Die Menschen hetzten, als könnten sie der Hitze entkommen. Mancherorts spürte man den Asphalt schmelzen. So sah das Leben in dieser Stadt aus, blauer Himmel, kochende Straßen und Leute auf der Flucht vor dem Backofen. Hier vermodern die Dinge schneller, behaupteten sie. Mehr Würmer, Over.

Ich parkte den Wagen an der Ecke und beobachtete die Villa, die den gesamten Block einnahm, mit ihren geometrisch wie Soldaten angeordneten Palmen. Zwölf Soldaten, zählte ich. Ganz hinten das Tor zur Kaserne. Da saßen sie, dachte ich, versammelt und verzweifelt. In Erwartung des toten Kriegers.

Der uniformierte Wachmann öffnete das eiserne Einfahrtstor, und ein Polizeiauto kam herausgefahren.

Im Garten verfolgten zwei Hunde, die mehr wie zottige Ziegenböcke aussahen, träge die Arbeit eines jungen Mannes, der mit einem langstieligen Kescher den Swimmingpool sauber machte. Fliegen surrten.

Was zum Teufel hatte ich dort verloren?

Nachts wälzte ich mich im Bett herum, und der Gedanke, dass ich genau in seiner Todesstunde bei dem Piloten gewesen war, schlimmer noch, dass ich imstande gewesen war, den Toten zu berauben, quälte mich, erschreckte mich, erfüllte mich mit unguten Vorahnungen. Es war, als hätte uns das zu Kompagnons gemacht, Over. Mich und den Leichnam. Auf einmal war er ein Problem für mich. Er und der ganze Koks hinter der Klappe. Und dann kam mir der auf den ersten Blick geniale Plan, zu dem Haus der Familie zu fahren und ihr einen anonymen Brief mit einer Landkarte zu hinterlassen, auf dem der

Unfallort eingezeichnet wäre. Folgen Sie der alten Landstraße, biegen Sie in den Weg bei den Caranday-Palmen. Eine rot gepunktete Linie mit genauen Markierungen würde die Familie leiten. Ich brauchte fast eine Stunde, um die dubiose Karte zu zeichnen. Ein X an der Stelle. Hier ist Ihr Sohn gestorben. PS: Er hat nicht gelitten, Over.

Mehr noch als das Bild von der im Fluss zurückgelassenen Leiche beunruhigte mich der Gedanke an das, was sich drinnen in dem Haus abspielen mochte. Wir sind sicher, dass es ihm gut geht, hatte seine Freundin im Fernsehen gesagt. Die weinende Mutter. Davon verstand ich etwas, Over. Von Müttern, die auf diese Weise zugrunde gehen, die sich totweinen. Bevor ich lernte, dass Menschen sterben, hatte ich gelernt, dass sie verschwinden. Sie gehen aus dem Haus und lösen sich in Luft auf. Lassen uns fassungslos zurück, das leere Bett betrachtend, das beinahe ein Schrei ist, ein Schlag am Morgen. Nacht für Nacht träumt man von ihnen. Träumt, dass sie leben, träumt, dass sie anrufen, träumt, dass sie wieder nach Hause kommen. Es sind stets die gleichen Träume, am Ende glaubt man tatsächlich, dass sie am Leben sind. Außerdem gibt es Studien, die besagen, dass siebzig Prozent der Verschwundenen zurückkommen. Vielleicht hat man sogar aufgehört, an Gott zu glauben, aber man glaubt an die Studien. Klammert sich an die Prozentangaben wie an ein Gebet. Und die Zahlen und dazu die Träume machen aus einem einen lebenden Toten. Einen Zombie. All das kannte ich nur zu gut.

Noch immer konnte ich nicht anders an meine Mutter denken als an jemanden, der Hochzeitstorten buk und die Stufen der Treppe zu dem verschnörkelten Gipfel, auf dem das Hochzeitspaar aus Zucker lächelte, mit süßem Guss überzog. Ich sah sie stets als die blutende Verlängerung des Telefons. Ständig hing sie am Apparat, in der Erwartung, dass mein Vater anrufen und sagen würde, er sei nicht gestorben, er habe uns nicht verlassen, habe nicht das Gedächtnis verloren. Er sei am Leben. Werde zurückkommen. Fast zwanzig Jahre danach saß meine Mutter noch immer mehr tot als lebendig mit dem Telefon auf dem Schoß da und wartete.

Die Toten müssen wirklich und wahrhaftig sterben. Müssen in einen Sarg gelegt und beerdigt oder eingeäschert werden. Man muss dabei sein, bis die letzte Schaufel Erde über ihnen ausgeleert wird.

Was zum Teufel hatte ich dort verloren? Die Ideen, die einem bei Nacht kommen, sind immer miserabel, allesamt, egal ob sie einem gut oder schlecht erscheinen. Sind falscher Alarm. Unlautere Werbung. Brauchen einen Warnhinweis: Probieren Sie das nicht im Wachzustand aus. Eine Karte vom Unfallort! Was scherte es mich, ob sie litten? Ich kannte die Leute nicht mal.

Nachdem der Wachmann mit den Riesenhunden im Schlepptau aus dem Garten verschwunden war, ging ich zum Tor und beobachtete den jungen Mann am Swimmingpool. Er schien keinerlei Eile zu haben. Die Tragödie dort drinnen hatte nichts mit seinen vertrockneten Blättern zu tun, und auch nicht mit dem Chlor, das er in den Pool schüttete. Und dann war da noch eine endlose Rasenfläche zu mähen, mit Laubengängen und Büschen, wie man sie in Corumbá für gewöhnlich nicht sah.

Wenn ich helfen wollte, wäre es besser, ich riefe bei der Polizei an. Anonym. Oder bei der Familie selbst. Zumindest wäre ich dann mit dem Toten, der mir den Haufen Koks geschenkt hatte, quitt. Obwohl er mir eigentlich nichts geschenkt hatte. Gefunden ist nicht gestohlen, besagte schon das Sprichwort. Ich schuldete also niemandem etwas. Es gab keinen Grund, mich mit diesen Leuten einzulassen.

Ich zündete mir eine Zigarette an und überlegte, ob wohl irgendwann jemand ganz nahe bei unserem Haus gewesen war, um uns zu erzählen, wo sich die Leiche meines Vaters befand.

Auf einem verlassenen Grundstück, hinter einer Zementfabrik. Auf dem Grund des Flusses. Mit zwei Kugeln in der Stirn. Vergraben in einem Garten am Stadtrand.

Sind Sie der Chauffeur, fragte der Wachmann, der plötzlich dastand, sodass ich unmöglich verschwinden konnte.

Ich hätte sagen können, ich hätte mir nur den Garten angeschaut. Wunderschön, der Rasen. Meine eigenen Rosen sind verdorrt. Die Margeriten verdurstet. In dieser Sonne gedeiht nichts. Es wäre überhaupt nicht schwer gewesen, ein Gespräch anzufangen oder wegzufahren, aber vor Schreck bejahte ich und ließ mich in die Villa hineinführen. Unterwegs fasste ich Mut. Das ist der Grund, weshalb ich hergekommen bin, dachte ich. Ich werde hineingehen und alles erzählen. Ich werde ihre dunkle Hoffnung zunichtemachen. Geh rein, und keine halben Sachen, sagte ich mir. Geh und gib ihnen den Gnadenschuss, Over.

Möchten Sie mitessen? Dalva, die Köchin, eine untersetzte Frau mit stämmigen Beinen, aß, die Ellenbogen auf den Tisch gestützt, Braten und Kohl. Wischte mit Brotstückchen den Teller sauber. Mit vollem Mund erzählte sie mir die Geschichte des Jungen von vorn bis hinten. Er hatte das Wochenende auf der Fazenda eines Freundes verbracht. Am Sonntag nach dem Mittagessen hatte er angerufen und Bescheid gegeben, dass er in einer Stunde kommen würde. Er liebte das Fliegen, der Junge. War ständig im Buschwald unterwegs. Um Drogen zu kaufen, dachte ich. Bei den Nachbarn in Bolivien.

Eine halbe Stunde später wurde ich in ein Büro geführt, in dem lauter Fotos von der Familie hingen. Und von Rindern, ausgestellt auf der Messe. Prämiert. Ich saß da, alleine. An der Wand Vater und Sohn, Arm in Arm. Die Stiefel der beiden waren identisch, auffällig, bemerkte ich. Erbstiefel. Die Uhr, die ich versetzt hatte, befand sich am Handgelenk des Jungen.

Plötzlich ging das Geschrei los. Es war eine Frauenstimme,

mich interessiert nicht, was sie tun werden, sagte sie, du bist der Vater, du, du musst etwas tun, ich will meinen Sohn zurück, bring mir meinen Sohn wieder.

Die Tür war geschlossen, aber auch so konnte man die Wölfin heulen hören. Sie sind alle gleich, die Wölfinnen. Das gleiche Geheul. Es schneidet einem wie ein Messer in die Eingeweide.

Wenig später kam der Mann vom Foto in das Büro, mit denselben Stiefeln wie auf dem Bild. Er wirkte durcheinander. Sagte, wir hätten ja schon miteinander telefoniert. Gestern, sagte er.

Ich erklärte und sagte, nein, das muss ein anderer Chauffeur gewesen sein. Aber er hörte mir nicht zu. Hatte es eilig. Ich habe schon Informationen über Sie eingeholt, sie sind hervorragend.

Ich war dort, um zu erzählen, wie sich der Unfall zugetragen hatte. Dazu war ich schließlich in das Haus gekommen. Um über die Explosion und den Absturz zu reden. Um den enttäuschten Hund zu töten. Ich kann Sie zu der Stelle führen, wollte ich sagen. Mitleid mit jemandem zu empfinden, ist etwas Beschissenes. Da stand ich nun, den Finger am Abzug, und nahm den Job an und vereinbarte ein gutes Gehalt.

Wann können Sie anfangen?, fragte er.

Morgen.

Beim Gehen dachte ich, dass ich jederzeit anrufen und eine Entschuldigung erfinden könnte. Oder einfach nicht kommen. Von der Bildfläche verschwinden.

Genau deswegen versaut man sich sein Leben. Man glaubt immer, dass man rechtzeitig aussteigen kann.

8

Rrrrck, rasselte die Kette. Von dem Schmieröl wurde Moacir noch schwärzer. Der Lärm ging mir auf die Nerven. Auf dem Gehweg hockend versuchte der Indio, die Kette vom Fahrrad des Jungen zu reparieren, der betrunken neben ihm mit den Hunden aus der Nachbarschaft spielte. Mitgenommene, schmuddelige, zum Erbarmen hässliche Tiere. Hunde und Menschen. Eine dreckige Brut. Bellte. Pinkelte gegen die Masten. Rrrrck. Eine Sonne zum Umkommen.

Während Moacir das Pedal bewegte und die Kette sich holpernd bewegte, lockerte sich die Vorderachse des Rades. Verdammt, sagte der Betrunkene und brach in Gelächter aus. Besser alles auf den Schrott werfen, dachte ich.

Ich schloss das Fenster und legte mich aufs Bett. Las erneut den Zettel, den Rita am Morgen bei Serafina hinterlassen hatte. Rrrrck. Rrrrck. Danke, dass du einfach aufgelegt hast. Ich habe heute Geburtstag. Du, du ganz allein, bist zu meiner Party eingeladen. Um neun Uhr. Unterschrift Rita.

Ich machte mir eine Dose Bier auf und überlegte, rrrck, was ich tun sollte.

Eine Abkühlung im eiskalten Wasser der Grotte täte gut, aber ich fühlte mich zu schwer, um mich im Wasser treiben zu lassen. Eine Affenhitze. Mehrmals überlegte ich, die Familie des Piloten anzurufen und auszusteigen. Das Problem war, dass in meinen Plänen eine Rückkehr nach São Paulo nicht vorgesehen war. Auch nicht ins Kaufmännische. Ich war schon in der Sonne von Corumbá herumgewandert, die Stellenanzeigen unterm Arm, in der Absicht, eine ähnliche Arbeit wie Carlão zu finden, bei der ich alles Mögliche machte, von der Bedienung einer Tankstelle über die lokale Versorgung mit Reifen und Gummiwaren, und wo mir noch genug Zeit bliebe, um im Schatten zu sitzen und meinen Gedanken nachzuhängen. Aber alles, was ich gefunden hatte, waren Konditoreien und Läden für Hydraulikpumpen in Hinterhöfen. Und anderen Mistkram. Alles zu heiß. Nichts für mich. Die Arbeit im Haus des Fazendeiros aber war gut. Wenigstens würde ich eine Klimaanlage haben, das zählte eine Menge in Corumbá. Wir haben eine Klimaanlage, schrieben die Händler auf verzierten Schildern, um die Kunden anzulocken. Die Glücksformel in der Gegend lautete zehn Grad weniger. Und genau das boten sie mir: einen ordentlichen Wagen mit Klimaanlage, den ich kutschieren sollte. Außerdem, was machte es schon, dass es das Zuhause des Piloten war, den ich hatte sterben sehen? Was machte es, dass ich die Leiche im Fluss zurückgelassen hatte? Ich hatte niemanden umgebracht, Over. Selbst wenn ich den Jungen aus dem Flugzeug geholt und auf den Schultern in die Stadt geschleppt hätte, es hätte nichts geändert. Er wäre genauso tot. Wir alle werden eines Tages sterben. Was machte es, dass ich das Kokain geklaut hatte? Der werfe den ersten Stein, Over. Wir alle klauen irgendwann mal irgendwas. Fast alle. Mindestens einmal. Oder werden es tun. Brasilien ist voller Schurken, so sieht es aus.

Am Nachmittag war ich ruhiger, duschte kalt, holte die Drogen heraus und machte mich an die Arbeit. Mein Entschluss stand fest: Ich würde den Schnee weiterverkaufen, etwas Geld machen, und Schwamm drüber. Einzelverkauf und eine einmalige Angelegenheit. Um kein Risiko einzugehen, denn so versauen sich die Leute alles. Aus dem Provisorium wird eine feste Einrichtung. Man fängt an, Geld zu verdienen, und dann fühlt sich irgendwer auf den Schlips getreten. Irgendwer, dem man etwas schuldet oder der einem etwas schuldet. Oder einfach ein Neider. Ein klatschsüchtiger Nachbar. Ein unerwarteter Feind.

Einer von denen, die aus dem Nichts auftauchen, ohne dass man es überhaupt bemerkt. Einer, den man nicht rücksichtsvoll behandelt hat. Und der ruft dann bei der Polizei an und verpfeift einen. Sulamita hatte das auch gesagt: Verhaftungen haben nicht viel mit der Kompetenz der Ermittler zu tun. Eigentlich gar nichts. Es sind allein die Denunzianten, sagte sie. Anzeigen unter der Nummer 0800. Die Leute rufen an und geben Namen und Anschrift der Dealer durch. Die gesamten Daten. Im Drogenhandel gibt es nur eine hundertprozentige Garantie: Irgendwer wird einen in die Pfanne hauen. Man steht in der Schlange und wartet. Es ist wie beim Motorrad. Wenn man eins besitzt, kann man sicher sein, dass man irgendwann einen Unfall haben wird. Möglich, dass man nicht stirbt, aber man wird stürzen. So läuft es. Also, dachte ich, bloß nicht überschwänglich werden bei leicht verdientem Geld. Bloß keinen weiteren Schnee kaufen. Das Päckchen war lediglich eine Zugabe, mehr nicht. Ein Geschenk des Toten. Das war das Schwierigste dabei, zu denken, dass mein Glück, das Gute, das mir in dem Moment widerfuhr, die Drogen und der Job, mit dem Verstorbenen zusammenhingen. Zufall? Ein Zeichen? Was auch immer, eine unverzeihliche Sünde wäre es, eine Gelegenheit nicht beim Schopf zu ergreifen, das hatte ich in meinem Leben als Verkäufer gelernt.

Den Stoff zu wiegen und zu verpacken half mir, meine Gedanken zu ordnen. In jedes Briefchen füllte ich ein Gramm und versiegelte es mit einem roten Stern. Ich hatte das in einem Film gesehen, und es schien mir eine effiziente Methode zu sein. Meine Kunden würden bei diesem Stern sofort an einen Stoff ohne beigemischten Glas- oder Marmorstaub, ohne Talkum oder Amphetamine denken. Ich würde ihn billig verkaufen. Das ist die Geschäftsphilosophie, besser und billiger.

Als der Indio mit dem Krach aufhörte, öffnete ich wieder das Fenster. An der Ecke kam der Messerschleifer mit seinem alten

Fahrrad voller Krimskrams an. Drei Hausfrauen mit bunten Sonnenschirmen in der Hand umringten ihn. Der Schleifstein sprühte Funken, zusammen mit einem Surren, das in meinen Kopf drang wie Nadeln. Oder wie Bienen.

Etwas später kamen in Trauben die Kinder aus der Schule zurück. Moacir schloss seine Fahrradwerkstatt ab. Die Männer machten auf dem Heimweg in der Kneipe an der Ecke halt. Kurz darauf war die Straße voller Jungs, die johlend in Horden herumrannten und Fußball spielten.

Ich rauchte eine Zigarette und schaute zu, wie die Sonne hinter den Häusern unterging. Die Hitze wurde allmählich erträglicher.

Um Viertel vor acht tauchte Moacir unten vor dem Haus auf und fragte, ob er mit mir sprechen könne. Ich bedeutete ihm hochzukommen.

Er hatte zwar geduscht, aber das Schmieröl klebte immer noch an ihm. Sein Schweiß war dunkel, ölig. Sein Stirnhaar glänzte. Streichholzbeine, hängende Schultern, er sah nicht aus wie der Sohn eines Kaziken und wäre ganz schön aufgeschmissen gewesen, wenn er wie seine Vorfahren auf die Jaguarjagd hätte gehen müssen. Wahrscheinlich konnte er noch nicht mal Cururu zum Klang der Cocho-Gitarre tanzen, lauter Dinge, die Serafina mir mit Begeisterung in allen Einzelheiten schilderte. Jetzt hockte er sonntags vor dem Fernseher, passte auf die Kinder auf und wartete darauf, dass seine Frau vom evangelischen Gottesdienst zurückkehrte. Im Viertel hieß es, sie treffe sich mit Alceu, dem Schlachter. Wo sonst sollte sie Fleisch herbekommen, ohne Geld?, fragte Serafina.

Moacir druckste ein wenig herum und wollte wissen, ob ich ihm die Miete vorschießen könne. Sprach von Medikamenten. Das wahre Verderben der Armen ist die Apotheke.

Ich nahm einen Teil des Geldes, das mir das Versetzen der

Uhr eingebracht hatte, und klärte die Angelegenheit für den nächsten Monat. Stellte ein paar Fragen und überlegte, ohne hinzuhören, was er antwortete, ob Moacir nicht der wäre, den ich suchte, eine Art Kurier, der meine heimlichen Geschäfte abwickelte. Er wohnte schon lange in dem Viertel. Kannte alle. So hätte ich die Lage unter Kontrolle.

Ich fragte ihn, ob er einen Extrajob wolle. Leicht verdientes Geld.

Nur, wenn es wirklich leicht verdient ist, sagte er und lachte schrill.

Ich dachte, meine gesamte Überredungskunst aus dem Telefonmarketing würde nötig sein, um den Indio zu überzeugen, aber als ich die Schublade meines Nachttischs öffnete und fünfzig Kokainbriefchen herausnahm, war Moacir schon überzeugt. Er selbst habe bereits überlegt, nach Puerto Suárez zu fahren und sein eigenes Ding zu drehen, es sei doch Verschwendung, Bolivien vor der Haustür liegen zu haben und daraus keinen Nutzen zu ziehen, er kenne dort einen Typen, Juan, der Kapseln herstelle und ein Freund von Ramírez sei, dem Oberboss, und noch einen anderen, Wilson, der in seinem Magen ein halbes Kilo Schnee nach Araraquara gebracht habe, und dass Drogen schlucken die meiste Kohle bringe. Wilson war dann verhaftet worden, das war das Problem, sagte er. Wilson trank und quasselte zu viel. Als er mich fragte, ob Sulamita uns decken würde, redete ich um den heißen Brei herum, kommt drauf an, du musst Diskretion bewahren, sagte ich, erzähl ihr kein Wort davon, überlass Sulamita mir.

Später bereute ich es, ging Moacir suchen, um unsere Partnerschaft sofort wieder zu kündigen, aber er war nicht mehr da.

Unterwegs zurück nach Hause rief mich Sulamita an. Soeben war das in den Rio Paraguay abgestürzte Flugzeug gefunden worden, und sie und Joel würden bei der Bergung dabei sein.

Ich musste Ruhe bewahren und abwarten. Stattdessen setzte ich mich in meinen Pick-up und fuhr los. Ich hatte inzwischen dazugelernt. Wenn man wartet, wird man bald vom Teufel geritten, Over.

9

Wenn man die Landstraße 26A in Richtung des Militärstützpunkts Morro da Onça verlässt, beginnt ein Stück unbefestigten Weges. Die Luft ist angenehm und ruhig, und man riecht den Duft der Wildblumen. Im Radio das Übliche: Musik und Schrott. Luciene und Josias hatten den gesamten Samstagnachmittag über getrunken und Haschisch geraucht. Nach seiner Festnahme erklärte Josias, er habe vom Himmel den teuflischen Befehl erhalten, das Mädchen zu zerstückeln, sobald es eingeschlafen wäre. Da es dauerte, bis es einschlief, hatte Josias beschlossen, es zu erdrosseln und dann zu zerstückeln. Die Überreste des Mädchens hatte er in den Córrego Fundo geworfen.

Ich machte das Fenster auf und wiederholte, so weit, so gut, Over. Ich bin nicht Josias, ich habe niemanden zerstückelt. Ich kenne keine Luciene. Ich schwimme nicht im Córrego Fundo, Over.

In Höhe der ersten Brücke fuhr ein Polizeiauto, gefolgt von einem Krankenwagen, an mir vorüber. Ich wusste nur zu gut, wohin sie wollten, und verspürte eine gewisse Erleichterung. Aber auch Angst.

Ich fuhr um die Tankstelle herum und parkte in der Nähe des Restaurants. Wenn das tatsächlich eine Party sein sollte, war ich der erste Ankömmling.

In dem schmalen, ungepflegten Schuppen hatten keine zehn

Tische Platz. Er war mit Bildern von Jabiru-Störchen, Tapiren, Papageien, Kormoranen, Reihern und Krähen geschmückt, die Carlão selbst gemalt und denen ich den Namen Pantanal Horror Show gegeben hatte. Der Schuppen war schon ein Restaurant gewesen, doch jetzt wurde dort nur Touristenschnickschnack verkauft, weil Rita keine gute Köchin war wie Carlãos Exfrau.

Die Küche lag ganz hinten und führte auf einen großen, offenen Innenhof hinaus. Ich dachte, Rita und Carlão hätten beschlossen, wegen der Hitze draußen zu feiern.

Ich fand Rita alleine in einem Liegestuhl, rauchend und trinkend. Sie trug ein leichtes grünes Kleid, dessen Rock bis zum Schoß hochgerutscht und zerknittert war, sodass ihre schönen, festen Beine zu sehen waren. Das Haar hatte sie zu einem Knoten zusammengerollt, der auf ihrem Scheitel wie ein Nest thronte.

Du bist der Erste, sagte sie. Du bekommst einen Preis. Eine Reise ohne Rückfahrkarte irgendwohin, weit weg von Corumbá.

Ich setzte mich auf den Stuhl neben sie, und sie legte mir sofort ihre Füße mit lauter rot lackierten Nägeln auf den Schoß. Sie war betrunken.

Ich fragte nach Carlão. Sie antwortete, er sei Bier holen gegangen. Es wird eine tolle Party werden, ich habe sogar eine Gruppe Gitarrenspieler eingeladen. Tanzt du gerne?

Ich verneinte.

Ich werde versuchen, es dir beizubringen, aber es ist nicht einfach. Du musst dich von mir führen lassen.

Und was ist mit den anderen Gästen?

Sie kommen gleich. Zusammen mit dem Essen. Ich habe alles bestellt. Eine Riesentorte, so wie deine Mutter sie gemacht hat. Mit mehreren Schichten. Und du Flegel hast mir noch nicht mal gratuliert. Auf wie viele Jahre schätzt du mich?

Herzlichen Glückwunsch.

Auf wie viele?

Was?

Wie viele Jahre. Wie alt schätzt du mich?

Was weiß ich. Nicht sehr alt.

Los, rate, sagte sie und trat mir mit dem rechten Fuß gegen den Oberschenkel.

Zweiundzwanzig.

Fast. Ich werde es dir nicht genau sagen, weil ich nicht will, dass du in zehn Jahren mein Alter kennst.

Ich nahm ihre Füße von meinem Schoß, aber sie legte sie wieder drauf.

Ich werde niemals alt, sagte sie. Ich schmiere mir Cremes ins Gesicht. Und wenn ich mit vierzig hässlich bin, bringe ich mich um. Lieber sterbe ich, als schlaffe Haut zu kriegen. Findest du mich hübsch?

Ja. Wo ist Carlão?

Ich bin das Geburtstagskind, nicht Carlão. Heute bin ich dran.

Sie stand auf und zog mich an der Hand. Lass uns so lange ein Bier trinken, bis die Party anfängt, sagte sie.

In der Küche holte sie aus dem Kühlschrank zwei Dosen Bier heraus und gab mir eine. Und dann schlang sie ihre Arme um meinen Hals. Ich spürte die eisige Dose in meinem Nacken, und die Kälte kroch mir den Rücken hinab.

Was machen wir hier?, fragte sie.

Party, antwortete ich. Torte essen, tanzen und so weiter.

Ich meine unsere Zukunft. Lebensplanung. Projekte. Warum gehen wir nicht fort?

Carlão lässt auf sich warten, sagte ich.

Du wirst mir doch nicht erzählen wollen, dass du vorhast, eine korrupte Polizistin zu heiraten, die du kaum kennst.

Sie ist nicht korrupt.

Aber sie ist Polizistin. Und alle Polizisten sind korrupt. Nennen wir es doch beim Namen: Der Urlaub war großartig. Du hast dich berappelt, und ich habe im Pantanal einen Haufen Spaß gehabt. Es war toll mit Carlão. Das heißt, bis ich dich kennengelernt habe, war es toll mit ihm. Aber Carlão ist ein alter Mann.

Ich musste lachen. Carlão ist nur drei Jahre älter als ich.

Genau drei Jahre, die alles versauen. Es ist das Gleiche wie mit einer siebenunddreißigjährigen und einer vierzigjährigen Frau. Ein grundlegender Unterschied. Ich habe keine Lust mehr auf ihn. Es war toll, jawohl, aber es reicht. Etwas Öderes als Corumbá gibt es nicht. Du kommst aus São Paulo, und ich bin auch nicht von hier. Das hier ist kein Ort für uns beide. Ich weiß genau, dass du ganz verrückt nach mir bist. Von dem Tag an, seit du hier angekommen bist. Ich habe gesehen, wie du mich angeschaut hast. Ich weiß, warum du hier abgehauen bist. Du willst Carlão nicht wehtun. Aber merk dir, wir beide gehören zusammen.

Erst in diesem Moment erzählte sie mir, dass Carlão nach Campo Grande gefahren sei. Und dass es überhaupt keine Party gebe. Ich habe auch nicht Geburtstag, erklärte sie.

Da lachte und küsste sie mich schon. Bis zu dem Tag hatte ich versucht, dem auszuweichen. Als es zwischen uns zu knistern begann, hatte ich mich davongemacht. Wenn sie anrief, ging ich nicht ran, und wenn ich ranging, ließ ich sie abblitzen. Aber wenn ich anfing, an Rita zu denken, kam mir sofort in den Sinn, wie Carlão mich eines Tages zu sich ins Büro gerufen, mir eine Waffe gezeigt und dazu gesagt hatte, hier würden Probleme auf diese Weise gelöst.

Wäre das alles ein Film, dann wäre nun der Zeitpunkt gekommen, an dem man zu der Figur sagen würde, sie solle gehen. Es ist eine Szene voller Spannung, er klopft an die Tür des verfluchten Hauses und fragt, ist jemand da? Keiner antwortet, aber er geht trotzdem hinein. Drinnen befindet sich ein Mörder oder eine Leiche oder beide zusammen. Im Film geht der Protagonist weiter, und den Rest kennt man. Ein Haufen Blut. Reines Adrenalin. Im wirklichen Leben geht man nicht hinein. Stattdessen tut man etwas Schlimmeres: Man raubt einen Toten aus. Engagiert einen verlotterten Indio, um den Schnee zu verkaufen, den man dem Toten abgenommen hat. Vögelt mit der Frau seines Cousins. All das tut man, weil man glaubt, man könne sich einen Fehler leisten, nur einen, einen noch, und dann noch einen, nur noch einen winzigen kleinen Mist bauen, und dann geht man weiter seinen Weg, macht weiter in seinem Film, weil die Spur, in der das Leben verläuft, nach wie vor dort ist, unveränderlich, und darauf wartet, dass man Mist baut und danach zurückkehrt.

Als ich es bemerkte, lagen wir schon auf dem Boden, sie grunzend, ich triefend, wir beide ungelenk, in wilder Erregung, wie die Hunde, die ich auf den unbebauten Grundstücken neben meiner Wohnung kopulieren sah. Wir schafften es kaum, uns die Kleider herunterzureißen, vögelten angezogen, Ritas Slip scheuerte an meinem Schwanz. Die Hitze und die Angst, ertappt zu werden, steigerten noch meine Lust, ich überließ das Kommando ihr, der Hündin. Auf mir sitzend sagte sie, leck mir das Gesicht, beiß mich, lutsch mich, steck ihn rein, tiefer, und dann, als ich fast schon kam, fing sie plötzlich an, mich Hündchen zu nennen, und es war, als hätte das Wort die Macht, mich aus uns beiden herauszusaugen und mich begreifen zu lassen, was da gerade passierte, du wirst mir zu Füßen liegen, sagte sie, mein Hündchen, mir gehorchen, mein Sklave sein, mich packte der Horror, Hündchen, Leine, wiederholte sie, hielt inne und verhinderte, dass ich kam, und da erst kapierte ich, was sie vorhatte, und beschloss, die Dinge zurechtzurücken. Ich schob sie von mir herunter, sie spreizte die Beine, aber ich ging nicht in die Falle. Ich klemmte ihren Kopf zwischen meine Beine und erledigte den Rest mit meinen Händen.

Ich ließ sie dort liegen, das Gesicht voller Sperma.

10

Ich trank zwei Tassen Kaffee.

Sie sehen gar nicht gut aus, sagte Dalva, als ich in die Küche kam.

Ich war spät dran, aber das schien niemanden zu stören. Die Stimmung im Haus war völlig anders als am Tag zuvor. Es waren eine Menge Leute im Garten, Freunde, Politiker, Journalisten, und unablässig verließen Tabletts mit Saft und Kaffee die Küche. Wenn man genau hinhörte, konnte man zuweilen Gelächter vernehmen. Haben Sie schon gehört?, fragte Dalva.

Ich wusste alles, wiederholte im Stillen aber trotzdem: So weit, so gut, Over. Alles unter Kontrolle.

Stunden zuvor war ich in meinem Pick-up aus dem Schlaf geschreckt, als Sulamita sich durchs Fenster lehnte. Was tust du hier?, hatte sie gefragt und mir einen Kuss gegeben. Ich hatte vor ihrem Haus geparkt und auf ihre Rückkehr von der Bergungsaktion gewartet.

Es tagte. Hand in Hand gingen wir zur Bäckerei des Viertels, Sulamita mit lehmverschmierten Hosen, nass bis zu den Knien. Ich beeilte mich, ihr von meiner neuen Stelle zu erzählen, und nannte den Namen der Familie, damit sie die Verbindung herstellen musste, aber als das dann geschah, überkam mich ein ungutes Gefühl, als würde ich im Schlamm versinken. So ein Zufall, sagte sie.

Während des Frühstücks erzählte sie mir, dass das Flugzeug mit dem Cockpit über Wasser in einer Sandbank festgesteckt hatte, dass sie die Maschine geborgen hätten und dass der Pilot möglicherweise noch am Leben wäre.

Ich glaubte, nicht recht gehört zu haben.

Er war nicht dort, wiederholte sie.

Wer?

Der Pilot.

Er war nicht im Flugzeug?

Der Sicherheitsgurt war lose und die beiden Türen der Maschine entriegelt.

Sie sagte, es bestünde die Möglichkeit, dass der Mann das Gedächtnis verloren habe und durch den Busch irre. Oder schwer verletzt irgendwo in der Nähe liege. Zwei Trupps durchsuchten nun das Pantanal, der eine zu Land, der andere aus der Luft.

Sie sprach auch davon, dass das gesamte Ermittlungspersonal umstrukturiert worden sei, um die Suche zu beschleunigen. In solchen Fällen ist es immer das Gleiche, sagte sie. Der Gouverneur will Ergebnisse vom Staatssekretär, der fordert sie vom Direktor, der vom Abteilungsleiter, der vom Kommissar, und das Fußvolk muss es ausbaden.

Später, zu Hause unter der Dusche, musste ich mir immer wieder laut sagen, dass sie nichts hatten, um mich mit der Sache in Verbindung zu bringen. Sie konnten mir nichts vorwerfen. Mich festnehmen. Ich hatte nichts getan. Außer stehlen. Ich hatte dem Jungen zweimal den Puls gefühlt. Ein Superschnee, Over. Ich rekapitulierte alles, jedes einzelne Detail, und ordnete meine Gedanken. Es war nicht schwer, sich auszumalen, was passiert war, nachdem ich den Unfallort verlassen hatte. Mein Fehler hatte darin bestanden, den Sicherheitsgurt des Piloten zu lösen und die Türen des Flugzeugs nicht zu schließen. Das war nachlässig von mir gewesen. Er war tot, Over. Unangeschnallt hatte die Strömung ihn davongetragen. Verwest, Over. Es war nur eine Frage der Zeit, sie würden den Leichnam an irgendeiner Flussbiegung finden. Irgendwo hatte ich gelesen, dass die Bakterien des Todes ihre Arbeit schnell verrichten. Diese Vorstellung quälte mich ebenfalls, die im Wasser treibende Leiche, das Gesicht im Schlamm, der aufgedunsene Bauch, die surrenden Fliegen ringsherum.

Andererseits lag darin ein gewisser Trost. So weit, so gut, sagte ich zu mir selbst. Nicht ich bin der Tote. Nicht ich werde verwesen. Im Wasser treiben, Over.

Den Rest des Vormittags verbrachte ich in der Garage und verfolgte die Nachrichten im Radio. Die Geschichte ging nicht aus dem Äther. Es wurde ein Haufen Dinge erzählt. Dass die unbewohnte, dünn bewaldete Gegend das Durchkämmen erleichterte und dass der Pilot in den kommenden Stunden gefunden werden würde. Der Pilot sei Träger des schwarzen Judogürtels. Er sei körperlich ausgezeichnet in Form gewesen. Habe das letzte Reitturnier von Rio de Janeiro gewonnen. Reiche Familie. Das wiederholten sie häufig, den Reichtum. Das ganze Geld, dachte ich, es kann nicht verhindern, dass man so endet. Im Sumpf. Sie berichteten auch, dass Júnior ein allseits beliebter junger Mann sei. Gutaussehend. Ein guter Junge. Nur dass er seine Nase gerne in Schnee steckte, das sagten sie nicht. Es ist unglaublich, wie ein Unglück ausreicht, einen gewöhnlichen Menschen in einen Helden zu verwandeln.

Noch am selben Tag, etwas später, sah ich sie dann zum ersten Mal. Dona Lu, so wurde sie von allen genannt. Lu, von Lourdes.

Sie war keine fünfzig Jahre alt, kompakt und schien aus einem leicht zerbrechlichen Material gemacht zu sein. Eine Art Mensch, wie ich ihn, wenn ich es mir aussuchen könnte, dafür bezahlen würde, dass er in meiner Mannschaft spielt. Sie schaute einem freimütig und auf eine sehr weibliche Art ins Gesicht, wenn sie mit einem sprach, ich komme mit solchen Menschen nicht klar. Bestimmte Kombinationen, Reichtum und Güte, Schönheit und Güte, Reichtum und Schönheit oder auch nur Güte oder Schönheit im Reinformat sind höchst zerstörerisch. Machen einen fertig. Man wird zu Staub degradiert, das ist es.

Dona Lu postierte sich neben dem Wagen, in Erwartung, dass ich ihr die Tür aufmachte. Sofort breitete sich ein sanfter Duft nach reicher Frau aus. Es dauerte, ehe ich begriff, dass auch das zu meinen Aufgaben gehörte. Türen zu öffnen.

Sie bat mich, sie in die Kirche zu fahren. Unterwegs stellte sie mir einige Fragen, ob ich verheiratet sei, ob ich Kinder hätte, Familie, ob mir Corumbá gefalle. Sie sagte, ich hätte ihrer Familie Glück gebracht. Die Polizei glaube, dass ihr Sohn noch am Leben sei. Sie selbst sei sich dessen gewiss. Sie werden ihn mögen, sagte sie.

Sie fragte mich auch, ob ich religiös sei. Mir fiel ein, dass ich irgendwo gelesen hatte, die Leute würden Stars dem Weihnachtsmann vorziehen. Schauspielerinnen sind meiner Ansicht nach interessanter als Heilige. Vor die Wahl zwischen Madonna und der Jungfrau Maria gestellt, hielt ich mich lieber an Madonna, doch so etwas kann man in einer Umfrage sagen, aber nicht zu Dona Lu.

In der Kirche war kein Mensch. Nur die Kühle, das Halbdunkel und sie, kniend und betend. Mitleid überkam mich, der Wunsch, den Weg, den sie zurückzulegen hätte, abzukürzen. Wenn ich ihr erzählte, dass der Junge tot war, wenn ich sie hinführte und ihr die Leiche zeigte und sie sie beerdigen könnte, wie es sich gehörte, mit Totenwache und Blumen, wenn sie am Sarg weinte, dann müsste sie nicht so lange schmoren wie meine Mutter. Der nackte Tod ist nicht das Schlimmste. Schlimmer ist die Ungewissheit. Der Zweifel. Sie sind es, die einen fertigmachen.

Schweigend fuhren wir nach Hause, aber im Rückspiegel konnte ich sehen, dass Dona Lu weinte.

Das ging mir an die Nieren. Ich musste an meine Mutter denken, wie sie weinte und die Tränen auf den steif geschlagenen Eischnee tropften. Ich dachte an die vielen glücklichen Bräute, die an ihrem Hochzeitstag die Tränentorte meiner Mutter gegessen hatten.

Abends fuhr ich zum Kommissariat, um Sulamita zu treffen. Es gab eine Abschiedsparty, es war ihr letzter Arbeitstag. Am darauffolgenden Tag würde sie ins Institut für Rechtsmedizin als Leiterin des Leichenschauhauses versetzt.

Sie saßen an den Tischen und tranken Bier.

Weißt du, worin ihre Arbeit bestehen wird?, fragten sie mich.

Ich hatte keine Ahnung. Sie lachten, wollten mich auf den Arm nehmen.

Sulamita wird sich mit Leichen unterhalten, erklärten sie. Gelächter. Aber jetzt mal im Ernst, sagten sie, eine Leiche ist wie die Blackbox eines Flugzeugs. Alles ist in diesem Stück Fleisch aufgezeichnet, du musst dich nur hinsetzen und zuhören können. Dem Verstorbenen. Die Toten sagen die Wahrheit. Sie erzählen alles. Wer es getan hat. Wie er es getan hat. Und so knackst du das Verbrechen, sagten sie. Irgendwer fügte hinzu: Meine besten Lehrer waren die großen Mörder. Hart ist nur, den Geruch zu ertragen, sagten sie.

Ein junger Kerl mit dünnen Beinen und einem riesigen Bauch, den ich noch nie dort gesehen hatte, erinnerte an einen Fall, bei dem der damals noch ganz neue Ermittler, der später an einem Herzinfarkt starb, ins Badezimmer des Opfers gegangen war, sich eine Parfumflasche gegriffen und die ganze Wohnung eingesprüht hatte. Stellt euch bloß mal den Geruch vor. Verwestes Fleisch mit Parfum. Sie lachten aus vollem Halse. So ein Gestank, sagte der Kommissar, der Pedro Caleiro hieß, dieser warme Fäulnisgeruch zusammen mit dem Parfum, ich hätte diesen Raul beinahe umgebracht, sagte er, dieses Tier, wir haben geschwitzt wie Sau. Sie lachten laut. Vor allem Dudu, der Assistent des Kommissars, ein blonder Typ mit blauen Augen, einem Gesicht wie ein alter Weimaraner.

Es war eine heiße, schwüle Nacht, ich hörte nicht mehr zu, was sie redeten. Das Bild der hinter der Sonnenbrille weinenden Dona Lu wollte mir nicht mehr aus dem Kopf gehen.

Was ist mir dir los?, fragte Sulamita.

Ich habe wohl zu viel getrunken, sagte ich und ging hinaus, um mich draußen im Flur zu übergeben, wo ein paar Reifen und anderer Krempel den Ausgang versperrten.

Sulamita brachte mir ein Erfrischungsgetränk. Setzte sich neben mich, hielt mir die Hand. Geht es dir besser?

Ich nickte.

Sie sagte, ihre Familie wolle mich kennenlernen. Meine Mutter gibt dir zu Ehren am Sonntag ein Mittagessen.

Ich fragte sie, ob es ihr etwas ausmache, wenn ich ginge.

Sulamita war lieb zu mir, ich bringe dich zum Wagen, sagte sie.

Im Gehen hörte ich, wie sie Joel fragte, kannst du mich ein Stück mitnehmen, Tranqueira?

Klar, Süße.

Zu Hause wälzte ich mich schlaflos im Bett und starrte an die Decke. Das Bild von der im Fluss treibenden Leiche ging mir nicht aus dem Kopf.

Um drei Uhr stand ich auf, ging zum öffentlichen Fernsprecher an der Ecke und rief bei der Familie Beraba an.

Ich habe Ihnen etwas Wichtiges mitzuteilen, sagte ich zu dem Mann, der den Anruf entgegennahm.

Wer spricht da?

Es war die Stimme des Fazendeiro, ich erkannte sie.

Ihr Sohn ist tot, sagte ich.

Und legte auf.

11

Zuerst sprengte Brian sich das Gehirn. Zehn Tage später erhängte sich Robbie. Als Nächstes schluckte Justin Rattengift. Und drei Tage später trat Max in die Fußstapfen von Brian, Robbie und Justin. Im Stillen dachte ich mir, die Leute dort in Texas oder Wisconsin, ich weiß nicht mehr genau, wo es war, wachten vermutlich morgens auf und fragten sich: Wer wird sich heute den Strick nehmen? Wer wird heute aus dem zehnten Stock springen?

Es ist kein Zufall, behaupteten die Experten. Keine Ahnung, wo ich die Geschichte gelesen hatte, aber eine Theorie besagt, dass es sich um eine Epidemie handelt. Einer bringt sich um, und die Sache breitet sich aus wie eine Grippe. Ein machtvolles Virus. Die Meldung wird in allen Zeitungen, im Fernsehen, im Radio gebracht, und die Toten, die Stunden zuvor bloß ein schüchterner Student, ein Witwer, ein harmloser Verkäufer von Haushaltsgeräten oder der Sohn chinesischer Einwanderer waren, ohne jegliches Talent, ohne jeglichen Glanz, werden zu Berühmtheiten wie Kinostars oder Baseballspieler. Ein makabrer Ruhm, das ist wahr. Infektiöse Sterne.

Die anderen, die sich nicht umbringen, stiften dazu an und inszenieren das Todesspektakel. Auch das gehört zur Krankheit dazu. Sie tratschen, kommentieren, besudeln sich damit. Verschlingen die Zeitungen. Machen das zu ihrem Lebensinhalt. Die Beerdigung ist ein Großereignis mit Bürgermeister, der dem Erhängten in einer schönen Rede die Ehre erweist. Schüler singen Hand in Hand Gesänge. Trauer wird angeordnet, und die Fahne der Mannschaft wird auf Halbmast gesetzt. Wie eine lokale Oscar-Verleihung. Diese Ehrungen, sie sind eine Auszeichnung.

Man bringt sich um, und im Gegenzug wird man in seinem kleinen Städtchen berühmt. Für ein paar Tage. Und einige Zeit später hängt sich der Nächste auf, und dann noch einer, ein Teufelskreis, der paradoxerweise Leben in diese toten Städte bringt.

Eine Epidemie, behaupten die Soziologen. Aber Händewaschen hilft nichts. Alkohol verwenden. Einen Mundschutz tragen. Das Einzige, was hilft, sich nicht das Gehirn zu sprengen, ist den Fernseher auszuschalten. Das Radio abzustellen. Keine Zeitungen zu lesen. Aus der Stadt wegzugehen.

Ich selbst fühlte mich infiziert. Meiner Ansicht nach war das, was wir gerade in Corumbá erlebten, ebenfalls der Ausbruch einer Krankheit. Anderer Art, aber genauso pervers. In sämtlichen Zeitungen, im Radio, im Fernsehen war nur noch von dem Unfall des Piloten die Rede. Mit dem Unterschied, dass niemand sich umbrachte. Dona Lu konnte einem leidtun. Sie hatte abgenommen. Ich musste sie fast zum Wagen tragen, wenn wir in die Kirche fuhren. Bei diesen Gelegenheiten wurde sie von den Geiern umzingelt, es fehlte nur, dass sie sie um ein Autogramm baten. Tut es sehr weh? Das war es, was sie wissen wollten. Wie sehr schmerzt es, wenn der Sohn verschwunden ist? Ganze Rudel auf der Jagd nach dem Aas. Sie liebten es, Mitleid mit dieser schönen, reichen Frau zu haben, der es so richtig beschissen ging, obwohl sie reich und schön war. Sie fühlten sich wohl dabei. Dona Lus Unglück erlaubte ihnen, sich barmherzig zu fühlen. Das war übrigens ein weiteres Symptom der Epidemie. Die pathologische Güte des Kollektivs. Statt Fieber und Durchfall tritt plötzlich dieses Symptom auf, das Mitleid.

Die Jugendlichen der Stadt verabredeten sich und schwärmten auf der Suche nach dem Piloten in die Umgebung der alten Landstraße aus. Am Unfallort stand jetzt ein Kreuz. Und es lagen Blumen dort. Júnior lebt. Derartige Spruchbänder sah man in der Stadt.

Das Schlimmste waren die Nachtwachen. Manchmal, wenn ich zur Arbeit kam, konnte ich nicht anders in die Garage gelangen, als über die Blumen und Kerzen zu fahren. Wir sammelten die Sträuße ein, räumten den Weg, warfen alles in den Müll, aber sie brachten sofort neue Blumen, weiteren Müll und blockierten die Straße abermals. An einem Montag lagen auch weggeworfene Chipstüten und Coca-Cola-Dosen herum. Auf dem Reitplatz. Wo die Leute ein ganz klein bisschen mitlitten und sich ziemlich gut amüsierten. Mit dem fremden Unglück. Anstatt in den Park oder ins Kino zu gehen, litten sie, Hand in Hand, bei Gebeten und Gesängen auf unserem Gehweg. Und wenn sie genug hatten vom fröhlichen Weinen, gingen sie zufrieden nach Hause.

Es kehrte keine Ruhe ein. Tagsüber die Empörung und nachts die Albträume. In ihnen tauchte stets eine mehrstöckige Torte auf, wie meine Mutter sie gebacken hatte, auf der anstelle des lächelnden Brautpaars ein abgestürztes Flugzeug thronte, um das Geier und Sperber kreisten. Ich beobachtete die kleine dunkle Wolke der Vögel, aber wenn ich aufstand, um sie zu verscheuchen, merkte ich, dass ich selbst mit den Geiern kreiste. Im Flug wachte ich von dem rauschhaften Schwindelgefühl auf. Oder weil ich fiel, ich erinnere mich nicht genau.

Die Epidemie dauerte nicht lange an. Vielleicht einen Monat. Etwas länger. Und als wir ihren Höhepunkt erreicht hatten und die ganze Stadt sich blendend amüsierte, geschah das Unvermeidliche. So funktionieren Epidemien, behaupten die Immunologen. Sie haben einen Höhepunkt, und dann beginnen sie zurückzugehen. Abzuflauen. Tatsächlich zu verschwinden.

In dem Augenblick, als bei uns etwas Frieden einzukehren begann, brach Dona Lu zusammen. Sie konnte sich nicht damit abfinden. Wie war es möglich, dass ihr so innig geliebter Sohn, mein einziger Sohn, mein Liebstes, nicht mehr durch diese Tür hereinkommen würde? Ich will meinen Sohn, sagte sie wieder und wieder zu ihrem Mann, wie ein verzogenes kleines Mädchen.

Von der Küche aus hörten wir ihr Schluchzen. Die Ärzte kamen und stellten sie ruhig. Aber sie wachte auf, und das Geheul ging wieder los. Manchmal war sie verwirrt, fragte uns, ob Júnior schon wach sei, ob er gefrühstückt habe. Manchmal rief sie mich, um mir die Fotoalben von Júnior als Kind zu zeigen. Ganze Nachmittage verbrachten wir damit, Bilder aus der Vergangenheit anzuschauen.

Ich erinnere mich noch an einen Tag, als ich sie nach der Rückkehr von der Bank, wo ich einige Rechnungen bezahlt hatte, zu ihr ins Büro ging, um ihr die Belege zu geben, und sie über den Schreibtisch gebeugt vorfand, schluchzend wie ein kleines Kind. Wo ist mein Sohn?, fragte sie, als ich hereinkam. Ich will meinen Sohn, flüsterte sie fast flehend und schaute mir in die Augen, so redete sie mit einem, bohrte sich einem in die Augen, zutraulich, und wenn man antwortete, hörte sie einem mit kindlicher Aufmerksamkeit zu, ganz so, als wenn die Menschen nicht imstande wären zu lügen.

Was sollte ich in dem Moment sagen? Dass ihr Sohn zum Fraß der Piranhas geworden war?

Ich hatte das eigentlich bereits gesagt. Auf andere Weise. Nicht ihr, aber ihrem Mann. Wenn sie ans Telefon ging, hatte ich aufgelegt. Aber zweimal hatte ich mitten in der Nacht vom öffentlichen Fernsprecher bei mir an der Ecke aus angerufen, als ich die Gewissheit hatte, dass der Hausherr der Fazenda am Telefon war, und klipp und klar gesagt: Ihr Sohn ist tot.

Und aufgelegt. Ich war der Meinung, diese Information sei hilfreich, damit sie vorankamen und die Leiche im Fluss suchten oder doch zumindest allmählich den Gedanken, dass ihr Sohn gestorben war, annehmen würden, aber merkwürdigerweise zogen sie diese Möglichkeit zu keinem Zeitpunkt auch nur in Betracht. Hier ruft immer so ein Irrer an, sagte Dalva eines Morgens. Ein Psychopath.

Und so waren meine Hinweise nur eine weitere Zutat in dem Albtraum der Familie. Sie hörten meine Worte, und am folgenden Tag glaubten sie nach wie vor, dass ihr Sohn gefunden werden würde. Es war egal, dass der Sohn in einen Fluss voller Piranhas gefallen war. Das bedachten sie überhaupt nicht. Die Piranhas. Seit Jahrzehnten züchteten sie Vieh, waren es leid, Rinder an die Piranhas in ebendem Fluss zu verlieren, in den ihr Sohn gestürzt war, doch über diese unbedeutende Tatsache sahen sie hinweg.

Einen Monat und eine Woche nach dem Unfall erhielt ich mein erstes Gehalt und ging mit Sulamita Pizza essen, in einem Restaurant in der Nähe des Aussichtspunkts auf dem Morro de Santo Inácio, von wo aus man in der Ferne ein Stück des Rio Paraguay sehen konnte.

Der Abend war warm, schwül, wir setzten uns an einen Tisch nach draußen, um die Landschaft zu genießen.

Sulamita war seit einiger Zeit leicht bedrückt, und ich glaubte, ihre Niedergeschlagenheit hätte mit meinem Widerwillen dagegen zu tun, ihrer Familie vorgestellt zu werden. Seit einigen Wochen bestand sie darauf, und ich lavierte wegen Rita etwas herum. Nicht, dass ich Sulamita nicht gerngehabt hätte. Aber mit Rita war es etwas anderes. Rita war prickelnd wie ein Wasserfall, alles an ihr war Saft und Kraft, ultrafeminin, nackte Beine, lauter Ringe und Ketten und Holzpantinen, ich war ganz verrückt nach all dem.

Carlão glaubte, dass sie Kunden besuchte, Sulamita dachte, ich würde Überstunden bei den Berabas machen, und wir fuhren in ein Motel in der Stadt, ließen die Badewanne volllaufen, legten uns hinein, vögelten und kühlten uns von der Hitze ab.

Eines Tages, wir lagen umschlungen im Bett, fragte ich sie,

warum sie die Beziehung zu Carlão nicht beendete, wenn sie so schlecht war. Ich glaube, zu der Zeit dachte auch ich an etwas Ernsthafteres mit Rita. Warum? Warum wohl?, fragte sie, weil ich ein Herz habe. Wegen mir hat Carlão nach jahrelanger Ehe seine Frau und zwei Töchter sitzenlassen, und jetzt, wo ich mit dir zusammen bin, mich in dich verliebt habe, soll ich einfach Ciao sagen? So mir nichts, dir nichts? Nein, so bin ich nicht. Ich will es behutsam machen, erklärte sie. Ohne irgendjemanden zu verletzen.

Nun verstand ich, wie Rita drauf war, und nahm den Fuß vom Gas. Eigentlich war mir klar, dass es an der Zeit war, die Affäre zu beenden. Aber das war gar nicht so einfach. Wir hatten einen irren Draht, sie verstand es, mich an sich zu binden. Klar, wir stritten uns auch viel. Hauptsächlich wegen Sulamita. Oder wegen Carlão. Ich wollte Sulamita nicht versetzen, und das ärgerte Rita. Mich hingegen regte Carlão auf. Manchmal rief er dreimal hintereinander an und stellte blöde Fragen. Eine verdammte Nervensäge. Du bist noch nicht mal verheiratet und benimmst dich schon wie ein Ehemann, sagte Rita. Wir stritten uns, sie rief an, ich nahm nicht ab oder umgekehrt, ich bettelte, sie bettelte, beide sagten wir ja und nein, nein und ja, dann vertrugen wir uns und stritten wieder, es ging von vorne los, wir beleidigten uns, und dann schlossen wir erneut Frieden.

Richtig hoch kochte es an einem Donnerstag, als ich mit Carlão ein Bier trinken ging und er mir erzählte, dass er mit Rita ein Kind bekommen würde. Ich war stinksauer.

An dem Samstag in der Pizzeria, bei dieser Affenhitze ohne den geringsten Lufthauch, willigte ich schließlich ein und sagte zu Sulamita, sie könne das Mittagessen bei ihrer Familie für Sonntag verabreden.

Sie gab mir einen Kuss und sagte, dass sie mich liebte. Aber sie war noch immer traurig, das merkte ich. Traurig und verliebt.

Am Sonntag wachte ich auf, entschlossen, mein Leben wieder ins Lot zu bringen. Rita rief an, und demonstrativ sagte ich es ihr, ich werde Sulamitas Familie kennenlernen, vielleicht verloben wir uns. Mach dich nicht lächerlich, antwortete Rita und legte auf, ehe ich zu ihr sagen könnte, lächerlich sei sie, mit diesem Kindergartengetue.

Als ich mich zum Ausgehen fertig machte, klopfte Moacir an meine Tür. Seit einer Woche versuchte ich mit ihm zu reden, um zu erfahren, was zum Teufel er sich dabei dachte, dass er seine Werkstatt nicht mehr öffnete, bis in die Puppen schlief, der ganze Kram, die alten Dosen aus der Werkstatt lagen vor dem Hauseingang herum, und die Kinder aus dem Viertel begannen schon, die Sachen zu klauen.

Außerdem trank er. Zumindest behauptete das Serafina. Doch was mir echte Sorgen bereitete, war Eliana. Es stimmte, wir nahmen ein bisschen Geld ein. Nicht viel, denn meine Strategie war, billig zu verkaufen, um die Konkurrenz zu unterbieten. Aber es war Geld, das täglich hereingekleckert kam, jeden Tag schob Moacir mir ein paar Fünfer- oder Zehnerscheine unter der Tür hindurch, nahm sich seinen Anteil, und das war gut für mich und gut für ihn, ich gab unauffällig alles aus, in Motels und Restaurants mit Rita und auch mit Sulamita, für sie hatte ich einen Ring gekauft, den ich zu dem Mittagessen mitbringen wollte, ein Tablett für ihre Mutter und ein Churrasco-Messer für ihren Vater, ich gab alles aus, aber diskret, während Moacir unstet war, was sollte das, die Werkstatt nicht aufzumachen? Und Eliana, die nur noch neue Sachen trug, sich ausstaffierte? Und warum hatte sie sich das Haar blond gefärbt? Um Aufmerksamkeit zu erregen?

Als ich am Freitag zur Arbeit aufbrach, bemerkte ich, dass alle im Haus von Moacir, einschließlich Serafina, ein Paar neue Turnschuhe bekommen hatten. Das gleiche Modell. Was ist das?, fragte ich. Eine Fußballmannschaft? Ich erklärte Moacir, dass er sich auffällig benehme. Glaubst du, die Leute im Viertel bemerken das nicht? Ihr, die ihr sonst barfuß geht, lauft plötzlich in nagelneuen Reeboks rum? Meinst du, die Leute sehen nicht, wie hier Geld verjubelt wird?

Ich werde aufpassen, sagte er. Schwor, er würde mit Eliana reden, aber seine Alkoholfahne machte mir noch größere Sorgen.

Ich sage das nicht zum Spaß, erklärte ich.

Ist gebongt, erwiderte Moacir. Er fragte, wie viel Drogen wir noch hätten.

Etwas weniger als zweihundert Gramm, antwortete ich.

Mehr nicht? Dafür sind keine Briefchen nötig, sagte er, gib mir alles, ich habe einen, der alles kauft.

Die Sonne brannte, als ich ins Auto stieg, und die Landschaft flimmerte wie in einem schlechten Film.

12

Ihr Auto ist gestohlen worden? Fahren Sie nach Puerto Suárez und prüfen Sie, ob es nicht dort ist. Das war es, was ich über die Stadt gelesen hatte. Jetzt fuhr ich durch die schlammigen Straßen von Puerto Suárez, aber nicht, weil mein Pick-up gestohlen worden war. Wir, Moacir und ich, waren dort, um zu verhandeln.

Seit unser Bestand aufgebraucht war, wich Moacir mir nicht von der Seite. Er hatte aufgehört zu trinken, sich in den Griff bekommen und versuchte, während er auf seine alten Schrottmühlen einhämmerte, mich zu überreden, seinen Freund Ramírez zu treffen. Den Bolivianer. Oder vielmehr seinen Quasikumpel. Ich bin mit einem Typ befreundet, der für ihn arbeitet, hatte Moacir gesagt. Auch ein Bolivianer. Ihr System ist todsicher, du brauchst dafür nur deinen Wagen.

Je mehr ich mich weigerte, umso beharrlicher versuchte Moacir mich herumzukriegen. Mit einem Wagen wie dem wäre ich jetzt schon steinreich, sagte er. Weißt du, was mein Plan ist?

Mein Plan ist aussteigen, sagte ich. Projekt Fersengeld. Mit Ramírez werden wir einen Haufen Geld verdienen, versicherte er. Ramírez ist wie du: Er will keine Probleme. Er will Geld. Du und Ramírez, ihr seid euch sehr ähnlich, weißt du? Ihr werdet Freunde sein, da bin ich mir sicher. Ramírez versteht sich nur mit Leuten wie dir. Wenn alles gut geht, wenn wir da einsteigen, weißt du, was ich dann mit meinem Anteil mache? Eine richtige Werkstatt, eine mit einer riesigen hydraulischen Hebebühne, weißt du? Zum Wagenheben. Mitten im Zentrum von Corumbá. Ich stelle zwei Leute ein, die bei mir arbeiten. Alle in einheitlicher Montur. Du wirst schon sehen, wenn du mit mir nach Puerto Suárez fährst und Ramírez kennenlernst, es ist ganz leicht, Kohle zu machen.

Natürlich nahm ich nichts von alledem ernst. In Wirklichkeit war es die Reaktion Sulamitas am darauffolgenden Tag, als sie Ritas Slip in meinem Zimmer entdeckte, die mich meine Meinung ändern ließ. Wem gehört der?, fragte sie. Keine Ahnung, antwortete ich und machte mich auf einen Streit gefasst, der aber nicht eintrat. Vielmehr entstand zwischen uns zuerst ein großes Schweigen und dann eine Leere, ein Loch. Sulamita sagte nichts, ich fing an, etwas zu erfinden, sie saß weiter auf der Bettkante, beherrscht, biss sich auf die Lippen, hörte zu, wie ich wiederholte, ich wisse nicht, wie dieser Slip dorthin gelangt sei, ich schwöre dir, ich weiß es nicht, er gehört bestimmt den Indios, diese Kinder sind eine Plage, gehen in die Häuser, wühlen überall herum, aber da unterbrach Sulamita mich und sagte, immer wenn sie einen Toten im Leichenschauhaus in Empfang nehme, müsse sie unweigerlich daran denken, dass dieses Stück Fleisch Stunden zuvor noch geatmet, dass sein Herz geschlagen, sein

Blut pulsiert habe. Es tut mir weh, wenn ich daran denke, dass der Tote vor seinem Tod ein Ziel gehabt hat, sagte sie, eine Reise, ein Haus, ein Kind, jemandem verzeihen, irgendetwas. Man glaubt immer, man könnte seine Träume auf morgen verschieben, man denkt, morgen kümmere ich mich darum, und dann kriegt man eine Kugel in den Kopf, wird von einem Lastwagen überfahren oder das Herz krepiert und zack, ist alles vorbei. Es gibt kein Morgen. Sie sagte noch, an dem Sonntag, an dem ich ihre Eltern kennengelernt hatte, habe sie, als wir alle gemeinsam am Tisch den Fischeintopf gegessen hätten, den ihre Mutter den ganzen Vormittag lang gekocht hatte, vor lauter Glück kaum atmen können. Endlich dachte ich, sagte sie, ich hätte den Mann gefunden, der der Vater meiner Kinder werden würde. Das war ich. Projekt Familie, natürlich. Ich, der Vater. Der Versorger. Mit lauter Verantwortung. Auf einmal, fuhr sie fort, sah ich vor mir eine schöne Zukunft für meine Familie und mich liegen. Da war er, mein Traum, direkt vor meiner Nase, und ich dachte, wir würden ihn wahr machen. Den Traum. Du und ich. Dass ich ihrem Vater, ihrer Mutter und ihrer Schwester gefallen hatte, hatte ihren Traum nur noch bestätigt. Ich dachte, wir würden Geld sparen, sagte sie, und ein Stück Land im Pantanal kaufen. Ein Haus bauen. Vieh züchten. Und jetzt, sagte sie, macht dieser Slip, dieser dreckige, ordinäre Slip alles kaputt.

Sulamita war weder schroff noch vorwurfsvoll. Sie war traurig, hilflos, und genau deshalb trafen mich ihre Worte in jener Nacht wie ein Schlag mit voller Wucht, fast konnte ich den Blutgeschmack in meinem Mund spüren. Im Pantanal Vieh züchten, eine Familie – wie Dona Lu und José Beraba, natürlich ohne den toten Sohn –, aber diese Art von solider Ehe, wie sie wirklich nur mit Geld aufgebaut werden kann, Geschäfte, Vieh, eine Zukunft sicher wie eine mathematische Formel, und mit diesen Gedanken im Kopf kniete ich vor Sulamita nieder, verbrannte den Slip mit meinem Feuerzeug und schwor, nie wieder etwas zu tun, was sie verletzen könnte, nichts, sagte ich und bat sie um Verzeihung, sagte, ich wolle das Gleiche wie sie, Hochzeit, Ländereien, Kinder, was du beschließt, ist für mich in Ordnung.

Ein Mann kann nicht den Rest seines Lebens damit verbringen, mit durchgeknallten Frauen wie Rita zu vögeln.

In dieser Nacht liebten Sulamita und ich uns anders, ohne die Besessenheit und die Gier, die ich mit Rita erlebte, und erst recht nicht so wie gewohnt, leidenschaftlich und zärtlich, es war wie ein Gründungsakt, etwas Pulsierendes, ich zerteilte sie stoßweise, tauchte ein, drang vor in Richtung eines Verstecks in der Tiefe, einer Grotte und kehrte zurück an die Oberfläche, stöhnend, glücklich, versank und stieg empor, ganz langsam und doch mit großer Leidenschaft, immer in diesem Rhythmus, bis ich kam.

Am nächsten Tag suchte ich Moacir auf und sagte, wir lassen das Ding steigen.

Die Sache ist wie für uns gemacht, erklärte Moacir, weil wir kein Geld haben. Ramírez will keine Kunden. Er will Partner.

Ich stellte klar, es sei das erste und letzte Mal, dass ich mich auf so etwas einließe. Aber erzähl das bloß nicht Juan, erwiderte Moacir. Wir verdienen die Kohle, und dann steigen wir aus. Ich will mir auch nicht mein Leben versauen. Mir eine ordentliche Werkstatt einrichten, das ist alles, was ich will.

Ich redete auch mit Sulamita, log, sagte, ich hätte etwas Geld zurückgelegt. Wir tun unsere Ersparnisse zusammen und kaufen ein kleines Stück Land. Für den Anfang, Over.

Nun fuhren wir durch die schlaglochübersäten Straßen von Puerto Suárez und suchten nach der Kneipe, in der Juan, der Freund von Ramírez, auf uns warten sollte. Ich hatte Dalva angerufen und mitgeteilt, dass ich an diesem Tag nicht arbeiten würde, ich habe Durchfall, hatte ich gesagt. Dalva empfahl mir Wasser mit Maizena, nimm das, dann bist du morgen wieder auf dem Damm.

Wie geht es ihr?, fragte ich.

Dona Lu? Sehr schlecht, erwiderte Dalva.

Mit einem beklommenen Gefühl in der Brust legte ich auf; ich wollte so gerne, dass Dona Lu wieder gesund würde, das hatte ich auch Dalva gesagt, aber überleg doch mal, hatte sie geantwortet, wie soll man den Tod eines Sohnes verkraften?

Wir tranken etwas, der Inhaber der Kneipe hatte einen brasilianischen Radiosender eingestellt und lauschte den brasilianischen Nachrichten und der Werbung für brasilianische Produkte; ich hörte zu und dachte, dass es auf der Welt wohl kaum eine schlimmere Strafe gebe, als in Puerto Suárez geboren zu werden.

Zehn Minuten später kam Juan in die Kneipe, er trug einen Hut und ein altes Hemd. Wir nehmen deinen Wagen, sagte er.

Wir stiegen in meinen Pick-up, so weit, so gut, sagte ich im Stillen zu mir, Over. Juan war ein netter Typ, er sprach gern Portugiesisch. Bieg links ab und fahr geradeaus, erklärte er. Tatsächlich war sein Portugiesisch genauso mies wie mein Spanisch, aber wenn er meinte, dass er Portugiesisch sprach, dann musste das, womit ich mich verständigte, wohl Spanisch sein. Wieder links, sagte er. Und dann fragte er mich, ob ich gern Puerco essen würde. Ich sagte ja, mucho. Hier haben sie einen großartigen Schweinebraten, sagte er und zeigte auf eine Kneipe, die nichts Großartiges an sich hatte. Rechts und dann links, sagte er.

Und schließlich erzählte Juan, wie er Portugiesisch gelernt hatte, durch die Telenovelas, sagte er, wieder links, so habe ich es gelernt, und jetzt links, aber ich traue mich auch, zum Beispiel das mit dem Schwein, ich wusste nicht, wie Schwein auf Portugiesisch heißt, sagte er, aber ich habe es aus dem Spanischen abgeleitet: Puerco.

Es heißt auf Portugiesisch nicht Puerco, sondern Porco, sagte ich.

Ach ja?, fragte er und lachte. Spreche ich so verkehrt? Von da an nannte er mich Porco. Porco hier, Porco da, was konnte ich dagegen machen?

Moacir beteiligte sich nicht an unserer Unterhaltung, sondern schaute gedankenverloren aus dem Fenster wie ein Kind, das von den Eltern mitgenommen wird.

Wir befanden uns auf dem Weg aus der Stadt hinaus, als Juan auf ein unverputztes Haus deutete und mir befahl zu parken. Das Viertel war noch armseliger und trostloser als das Zentrum, aber man hatte von da aus einen guten Überblick über die Gegend. Zwei bewaffnete Jungs mit nacktem Oberkörper sorgten für die Sicherheit.

Wir wurden ins Innere des Hauses geführt, durchquerten ein Wohnzimmer, in dem steif und förmlich ein von unserem Auftauchen verschüchtertes Pärchen auf einem altersschwachen Sofa saß. Durch die Küche gelangten wir in den hinteren Teil des Hauses und in einen weitläufigen, betonierten, teilweise überdachten Innenhof. Neben einer Handpresse saß Ramírez und war damit beschäftigt, Kokapaste zu komprimieren. Ich wurde als Porco, der Freund von Moacir, vorgestellt. Nun war es offiziell, dachte ich. Porco. Ihr werdet ein bisschen warten müssen, sagte Juan. Ich brauche bloß den Schlüssel von deinem Wagen.

Das gefiel mir nicht, aber Moacir war schneller, nahm mir den Schlüssel aus der Hand und übergab ihn einem Kerl, der gerade hereingekommen war und nun neben Juan stand.

Wir schauten zu, wie Ramírez routiniert die Drogen verpackte. Streifen aus durchsichtiger Plastikfolie wurden in die Löcher der Presse gelegt. Mit einem Löffel drückte er die Paste hinein und verschweißte die fertigen Kapseln mit einem Nylonfaden.

Während wir zusahen, ging das Seitentor auf, und mein Wagen wurde hereingefahren, kutschiert von dem Kerl, der Minuten zuvor den Schlüssel an sich genommen hatte.

Zwei weitere junge Männer kamen aus dem Haus und fingen an, sich mit dem Fahrer darüber zu unterhalten, an welcher Stelle die Drogen am unauffälligsten versteckt werden konnten. Ich bekam es mit der Angst zu tun. Was geht hier vor?, fragte ich Moacir. Nur die Ruhe, sagte er. Da kann nichts schiefgehen.

In dem Augenblick gesellte sich das Paar zu uns, das bei unserer Ankunft im Wohnzimmer gesessen hatte, jeder der beiden hatte eine Wasserflasche dabei. Endlich begriff ich, was die beiden bedauernswerten Gestalten, ebenso Neulinge in dem Gewerbe wie wir, dort verloren hatten. Ramírez wies sie ein, und während der folgenden zwanzig Minuten schluckte das Pärchen ein ganzes Paket Kapseln, fast achthundert Gramm Kokain. Die Drogen sollten noch am selben Tag an einen Ort irgendwo in Südbrasilien geschmuggelt werden.

Das Mädchen sah aus wie ein verschrecktes Nagetier, kurz bevor es erlegt wurde. Einmal dachte ich, sie würde gleich in Ohnmacht fallen.

Juan ging mit den beiden hinaus, und da erst begann Ramírez, sich mit uns zu unterhalten.

Zu dem Zeitpunkt hatten sie schon den Auspuff von meinem Auto entfernt. Mich packte der Horror, als ich begriff, wie die Sache laufen sollte: Wir würden nicht zwei Kilo Koks mitnehmen, wie ich mit Moacir vereinbart hatte, sondern zehn. Fünf würde ein anderer Mittelsmann von Ramírez am darauffolgenden Tag abholen, der Rest war für uns. Als Lohn für unsere Arbeit sollten wir vierzig Tage Zeit bekommen, um unsere Schulden zu begleichen.

Ich zog Moacir beiseite. Bis du wahnsinnig geworden?, fragte ich. Das war so nicht verabredet.

Bleib cool, sagte er. Es ist alles in Ordnung.

Ich geriet in Panik.

Ich ging auf die Toilette. Am liebsten wäre ich abgehauen

und hätte Moacir und den Wagen in der Bruchbude zurückgelassen, aber Moacir kam hinter mir her, meinst du, ich würde alle, Eliana, meine Kinder, meine Mutter in Gefahr bringen?, fragte er. Denkst du, ich bin verrückt? Glaub mir, sagte er. Es wird gut gehen.

Als Ramírez uns erklärte, wie der Grenzübertritt ablaufen sollte, dachte ich, es könne sich nur um einen Witz handeln. Genauso ist es, sagte er, je weniger ihr wisst, desto besser. Bleibt ganz ruhig. Passiert die Grenze, als wenn nichts wäre.

Und wenn sie uns anhalten? Und wenn sie uns festnehmen?

Das wird nicht passieren, sagte Moacir. Ramírez verbürgt sich dafür.

Auf der Rückfahrt zitterte ich von Kopf bis Fuß. Du bist dir nicht im Geringsten bewusst, was wir hier gerade tun, sagte ich zu Moacir, du bist völlig durchgeknallt und verantwortungslos, so was gibt es bei deinem Stamm nicht, du hältst dich für besonders schlau, aber dabei bist du bloß ein bescheuerter Indio. Er lachte, reg dich nicht auf, schau, da drüben. Er deutete auf Juan, als wir kurz vor dem Grenzübergang waren. Er wird uns helfen, sagte Moacir. Ich sah, wie Juan das Auto abstellte, aus dem das verschreckte Nagetier und der Junge, beide den Bauch voller Drogen, ausstiegen. Juan verschwand.

Wir waren schon im Begriff, den Grenzposten zu passieren, als die beiden Unglücksraben praktisch vor unseren Augen in das Wachhäuschen hineingingen. Zusätzlich zu den schon darin befindlichen Polizisten tauchten sieben weitere auf und umstellten das Pärchen, das in Handschellen gelegt und wer weiß wohin abgeführt wurde.

Uns dagegen durchsuchten sie nicht. Wir kamen problemlos hinüber und sahen zu, wie die beiden aufflogen.

Sobald wir in sicherer Entfernung waren, hielt ich an, du blöder Idiot, brüllte ich und spürte, wie meine Beine zitterten.

Es war alles okay, von Anfang an, sagte Moacir. Ich wusste es.

Was wusstest du?

Ramírez und Juan haben die beiden verpfiffen. Sie machen das immer so. Das ist normal. Sie haben die zwei ausgeliefert, damit wir beide rüberkonnten.

Du Sack, sagte ich. Du hast das gewusst?

Ich ließ den Motor an und fuhr los. Du Scheißkerl von einem Indio, sagte ich. Du bist keinen müden Centavo wert.

Den Rest der Fahrt über würdigte ich Moacir keines Blickes. Er begann, eine lange Geschichte zu erzählen, von Ramírez und seinen fünf Geschwistern, er kenne den zweitältesten Bruder von ihm und dass irgendwer verhaftet worden sei. Halt die Klappe, sagte ich, und mach mich nicht noch nervöser, als ich eh schon bin.

13

Was machst du denn hier?, fragte Sulamita, kaum dass ich das Leichenschauhaus betreten hatte. Ich hatte den Eindruck, als würde sie nicht wollen, dass ich sie küsste.

Sulamita hatte mich mehrfach gebeten, nicht dorthin zu kommen, nicht mal, um sie nach der Arbeit abzuholen. Das ist dort nicht wie bei einer Polizeiwache oder einer Behörde, hatte sie gesagt. Manchmal fühle ich mich wie in der Küche vom Satan. Dort, wo der Teufel das Unglück zusammenbraut, arbeite ich. Wir haben eine riesige, verrostete Kühlkammer; jeden Morgen rast mein Herz bei dem bloßen Gedanken, was ich in den Fächern wohl vorfinden werde. Du machst dir keine Vorstellung von dem Geruch, der sich in unserer Kleidung und in unserem Haar festsetzt. Ein Geruch nach verwesendem Fleisch, nach

Schwefel, Müll, jeder Gestank, den du dir nur denken kannst. Nur dass er dort noch schlimmer ist, hatte sie gesagt. Ein schleimiger, ranziger Gestank, man kann ihn fast mit den Händen greifen. Ich will nicht, dass du mich dort besuchst. Du nicht, und auch sonst niemand.

An nichts von all dem hatte ich gedacht, als ich beschloss, sie dort zu besuchen. Ich hatte zweimal angerufen, niemand hatte abgenommen. Mir rauchte der Kopf, ich versuchte, mich zu beruhigen, brauchte ein wenig Trost, so wie Sulamitas bloße Anwesenheit ihn mir gab, und deshalb war ich dort.

Eine Stunde zuvor hatte ich im Bett gelegen und, nervös im Wissen um die zehn Kilo Koks, zugehört, wie Moacir in der Werkstatt mein Auto auseinandernahm, als Rita an meine Tür klopfte. In Shorts, Stiefeln und mit Zöpfen im Haar. Sie hätte sich keinen schlechteren Moment aussuchen können, dachte ich. Rauchend. Mit dem finstersten Gesicht aller Zeiten. Unglaublich, diese Rita. Wollte wissen, was für eine komische Nummer das war, die da zwischen uns lief. Weshalb ich nicht ans Handy ginge. Was habe ich falsch gemacht? Liebst du mich nicht mehr?

Schamlos, diese Rita. Ohne Büstenhalter unter dem T-Shirt und die Nägel in schreiendem Orange lackiert, als wollte sie mich damit in eine Falle locken.

Carlão hat mir erzählt, dass du schwanger bist, sagte ich. Ich weiß alles. Über das Baby, das ihr bekommen werdet. Eine feine Familie, sagte ich. Ich weiß nicht, wie du Carlão das antun kannst. Schwanger und hinter mir herlaufen. Ich sagte ihr auch, dass sie mich anwidere. Spaß zu haben ist das eine, Rita, aber mit Carlão ein Kind zu bekommen ist etwas anderes.

Das Kind ist von dir, antwortete sie. Völlig unvermittelt. Und dann erklärte sie wirr, sie habe tatsächlich zuerst mit Carlão gesprochen, noch vor mir, obwohl das Kind von mir und nicht von ihm sei, es ist von dir, sagte sie immer wieder, es ist nicht von ihm, es ist wirklich von dir, ich wollte es ihm schonend beibringen, weißt du, es ist nicht von ihm, aber Carlão ist sehr in Ordnung, es ist von dir, weißt du noch, wie er dir geholfen hat, als du total am Ende warst? Als diese Verkäuferin sich deinetwegen umgebracht hat? Ich habe nicht die Absicht, Carlão wehzutun, sagte sie. Und: Wir müssen den Menschen das nicht antun. Sie verletzen. Sulamita hat es auch nicht verdient zu leiden. So bin ich nun mal, ich mag nicht, dass jemand meinetwegen leidet. Und dann, schloss sie, haben wir beide uns so viel gestritten, ich weiß nicht, was los ist, es ist, als ob wir vom Pech verfolgt würden. Du gehst ja nicht mal ans Telefon, wenn ich anrufe, ich hatte also gar keine Gelegenheit, dir von der Schwangerschaft zu erzählen.

Ich schubste Rita hinaus, ich glaube dir kein Wort, sagte ich, geh und lass mich in Frieden. Aber da klammerte sie sich an meinen Arm und schrie, das Kind sei sehr wohl von mir, du Idiot. Du blöder Idiot, was glaubst du, wer du bist? Ich bekam Angst, dass die Nachbarn es hörten.

Verdammt noch mal, nicht so laut.

Das Kind ist von dir. Krieg das in deinen Schädel. Ich bin in der vierten Woche schwanger. Willst du dich jetzt vor deiner Verantwortung drücken? Glaubst du, du kannst mir ein Kind machen und dann abhauen?

Wir blieben schweigend, nachdenklich an der Tür meines Zimmers stehen. Unten hämmerte Moacir weiter an meinem Wagen herum.

Woher soll ich wissen, dass du mich nicht anlügst?

Sie lachte müde.

Carlão lügst du dauernd an. Und überhaupt: Wer garantiert mir, dass das Kind nicht doch von Carlão ist? Oder von wem auch immer? Wie viele Typen hast du, Rita?

Da versetzte sie mir eine Ohrfeige. Ich dachte sofort an meine

Verkäuferin, die sich umgebracht hatte. Nicht jeder hat das Zeug, solch eine Ohrfeige wegzustecken. Ich werde dir die Wahrheit sagen, erklärte Rita. Das Kind ist nicht von dir, niemals würde ich mit einem Schwachkopf wie dir ein Kind bekommen.

Auf diese Kehrtwendung war ich nicht gefasst. Ich sah zu, wie Rita ging, kühl, die Treppe hinunter, wütend, ich wusste nicht, ob ich schreien, hinterherlaufen, sie an den Haaren ziehen, mit voller Wucht die Tür zuknallen sollte, mir war gleichzeitig danach, mich auf sie zu stürzen und sie um Entschuldigung zu bitten. Sie zu schlagen und alles zurückzunehmen. Deswegen war ich zu Sulamita gefahren.

War es falsch herzukommen?, fragte ich.

Ich versuchte, sie in den Arm zu nehmen, doch sie entzog sich.

Was ist?

Dieser Geruch, sagte sie. Ich habe es dir schon erklärt. Ich kriege so einen komischen Geruch, wenn ich hier bin. Riechst du?

Riecht nach Shampoo, sagte ich, nachdem ich an ihrem Haar geschnuppert hatte.

Wirklich?

Klar, du riechst gut wie immer, wiederholte ich. Aber es war gelogen. Alles dort, einschließlich Sulamita, verströmte einen Übelkeit erregenden Geruch nach Verwesung.

Sie lächelte. Willst du mal was sehen?

Sie nahm mich bei der Hand und führte mich in den Obduktionssaal hinein, einen riesigen, mit Fliesen gekachelten Raum, die vormals weiß gewesen, nun aber bloß noch schmutzig waren. In der Mitte standen drei ramponierte Tische aus rostfreiem Stahl. Auf einem davon lag eine Leiche unter einem Laken, das fast alles außer den Füßen bedeckte.

Sulamita erklärte mir, dass hier die Obduktionen vorgenommen würden. Vergewaltigungsopfer, Mordopfer, alles Mögliche, sagte sie. Leute von hier und aus der Umgegend. Jeden Tag bekommen wir Tote. Selten, dass mal ein Tag, ein einziger elender Tag vergeht, an dem keiner kommt.

Sie erzählte, dass das ihre Arbeit sei. Die Obduktionsteams koordinieren. Die Toten in Empfang nehmen, verwahren, waschen, sie dem Pathologen von der Rechtsmedizin für seine Arbeit auf den Tisch legen. Sie sagte, sie assistiere auch bei den Obduktionen.

Und ohne dass ich sie darum gebeten hätte, führte sie mich zu dem mittleren Tisch und zog das Laken weg, das den Leichnam einer noch jungen Frau bedeckte, deren Arme und Beine über und über mit Kratzern übersät waren. An ihrem rechten Ohr hing ein herzförmiger Ohrring.

Die hier ist gestern gestorben, sagte Sulamita.

Ich bemerkte, dass sie blass war.

Vergewaltigung mit Todesfolge, fuhr sie fort. Sie haben sie gerade eben auf einer Müllhalde gefunden.

Wir schauten die Tote einige Sekunden lang an.

Bist du sicher, dass ich nicht diesen Geruch an mir habe?, fragte sie.

Ja, antwortete ich und umarmte sie.

14

Und dann fing Sulamita an zu weinen. Ich kann nicht mehr, sagte sie, ich kann nicht, ich halte das nicht aus, ich kann und ertrage das nicht, wiederholte sie ohne Unterlass. Wie eine zerkratzte Schallplatte. Ich muss hier weg, sagte sie. Ich kann nicht mehr. Sie sagte, wenn sie den Leichenwagen halten höre, jage ihr Herz wie eine Kröte auf der Flucht vor der Schlange. Ich halte das nicht aus. Ich habe ein Gefühl, als würde ich meinen eigenen Magen auskotzen. Ich kann nicht mehr. Leiterin des Leichenschauhauses, sagte sie. Wusstest du, dass das meine Funktion ist? Erst an dem Tag, an dem ich meinen Arbeitsausweis unterschrieben zurückbekam und die Eintragung darin las, wurde mir klar, was jetzt in meinem Leben passieren würde. Bis dahin hatte ich gedacht, es handele sich um eine Beförderung, ich wäre nun nicht mehr Verwaltungsgehilfin, würde keinen Bürokram mehr erledigen und mehr verdienen. Ich hatte nicht begriffen, dass ich in dieser grauenvollen Umgebung von Menschen arbeiten würde, die stinken und verfaulen. Natürlich wusste ich, worum es ging, hatte mich beworben, gelernt, kannte alle Bezeichnungen, den Namen von jedem Instrument, das wir benutzen, sämtliche Arten von Meißeln und Pinzetten und Sägen, um den Schädel zu öffnen, ich wusste alles, die Fachtermini, die Prozedere, alles, ich hatte nur nicht verstanden, was das für mein Leben bedeuten würde. Dieser ranzige Geruch. Du riechst ihn doch, oder?

Und sie fing wieder an zu weinen und presste die Hände vors Gesicht.

Ich nahm Sulamita in den Arm, lass uns gehen, sagte ich.

Wir überquerten die Straße, setzten uns vor einen Kiosk gegenüber dem Leichenschauhaus, wo auch die Familien der Toten einkehrten, um ein kaltes Sandwich zu essen, während sie darauf warteten, die Leichen zu identifizieren. Alles ist hier so, sagte sie, infiziert, man kann nirgendwohin ausweichen, in Ruhe einen Kaffee trinken, ohne auf diese Jammergestalten zu treffen, die leiden, weil der Sohn tot ist oder die Mutter oder der Bruder. Gestern schlug eine Mutter, deren zweijähriger Sohn im Schwimmbad ertrunken ist, ihren Kopf gegen die Wand und schrie.

Ich dachte, wie froh meine eigene Mutter gewesen wäre, wenn eines Tages jemand vom Leichenschauhaus bei uns angerufen hätte, wenn wir hingegangen wären und meinen Vater identifiziert hätten, um ihn anschließend zu begraben und die Sache zu beenden. Das nämlich ist die Bedeutung des Wortes begraben. Einen Schlusspunkt setzen. Begrabt die Toten und kümmert euch um die Lebenden, wer hat das noch gleich gesagt? Solange wir die Toten nicht begraben, bleiben die Lebenden zurück und bluten. Sie machen uns fertig, die Toten. So wie Dona Lu. Mir war aufgefallen, dass es ihr seit ein paar Tagen nicht mehr wichtig war, den Sohn lebend zu finden. Die Leiche ihres Sohnes reichte schon. Sie war an dem Punkt, wo seine Leiche besser war als nichts. Dann lieber die Leiche. Genau so lief die Sache ab. Ich wusste das aus eigener Erfahrung, es gibt Augenblicke, wo sogar eine schlimme Nachricht willkommen ist. Wir haben einen Arm entdeckt. Ein Stück des Schädels. Wir haben den Mörder gefunden. Das Grab. Egal was, es hilft.

Wir bestellten Coca-Cola, und Sulamita fing wieder damit an, sie fühle sich unwohl wegen des Geruchs nach Verwesung, nach Fäulnis, ich solle ihr nicht zu nahe kommen. Mein Haar stinkt, meine Kleider, dieser Geruch klebt wie Kaugummi, es reicht nicht, sich bloß mit Seife zu duschen, sagte sie, wenn ich mich nicht von oben bis unten mit Alkohol abreibe, geht der Geruch nicht weg.

Ich versuchte, sie zu beruhigen, während ich mich selbst beruhigte und von unseren Plänen sprach, von dem Land, das wir kaufen würden, ich sagte, sie könne dann kündigen und sich frei machen von dem Gestank. Dann riechst du ihn also doch?, fragte sie. Nein, sagte ich. Natürlich roch ich ihn, und er war tatsächlich unerträglich, eine Mischung aus Formaldehyd und Aas, und oben die Sonne, die alles zum Kochen brachte.

Solange wir beide nicht in der Lage sind, meinen Vater, meine Mutter und meine Schwester zu unterhalten, kann ich hier nicht weg, sagte sie. Sie sind von mir abhängig. Die Dinge lagen komplizierter, als ich geglaubt hatte. Vater, Mutter und Schwester, das ist schon eine komplette Hölle, dachte ich, und trotzdem fuhr ich mit meiner Lügerei fort, sagte, die Fazendeiros, die Viehzüchter, die Landwirte, sie haben auch Familie, natürlich werden wir es schaffen, unsere Familie zu unterhalten. Unsere, sagte ich, als ob es auch meine gewesen wäre. Dabei war es ihre. Ihre allein. Wenn wir unser Land kaufen, sagte ich, gibst du das alles auf. Wir werden Vieh haben und etwas Geld verdienen.

Ich war sicher, dass nichts davon eintreffen würde, aber Sulamita tat mir so leid, ich empfand so große Zärtlichkeit für sie, dass ich weiter Versprechungen machte. Wer es hörte, hätte glatt auf die Idee kommen können, dass ich nicht mehr an Rita dachte, dabei ging Rita mir nicht eine Sekunde lang aus dem Kopf.

Ich versuche immer, den Toten nicht ins Gesicht zu sehen, sagte Sulamita. Den Tipp haben sie mir gegeben, als ich hier ankam, schau sie nicht an.

Ich musste an den Piloten denken, an seine Augen. Manchmal tauchten diese Augen in meiner Erinnerung auf, grundlos, aus dem Nichts. Und sein letzter Seufzer. Wenn ich Dona Lu zur Kirche fuhr, musste ich an diese Augen denken. Die Augen eines Sterbenden. Es sind die Augen, die als Erstes sterben, das ist mein Eindruck. Vor allem anderen. Sie werden trübe. Und verlöschen.

Sie haben zu mir gesagt: Achte auf die Verletzung der Leber, auf die Verletzung des Magens, auf den Schädelbruch, achte auf die Verletzung, nur auf die Verletzung, fuhr Sulamita fort. Aber wer garantiert, dass mir das gelingt? Unweigerlich schaue ich in die Augen. Ins Gesicht. Ich kann nicht anders; an jedem Tag, den ich hier bin, sage ich mir, heute schaust du niemandem ins Gesicht. Dann komme ich hier rein, und ehe ich michs versehe, starre ich dem Toten auch schon ins Gesicht. Fast als wollte ich dieses Totengesicht sehen. Als sähe ich es gerne. Dabei hasse ich es. Noch einer, denke ich, noch einer für meine Totengalerie. Ich weiß genau, wie der Mund aussieht, die Nase, ich brauche bloß die Augen zu schließen, und alle ihre Gesichter ziehen an mir vorüber wie in einem Horrorfilm.

Nachdem wir einen Kaffee bestellt hatten, der lauwarm und schal schmeckte, erzählte sie, dass es zu ihrer Tätigkeit auch gehöre, bei Exhumierungen zu helfen. Sie buddeln die Leichen aus, und ich muss danebenstehen und assistieren. So ist das hier. Eine Arbeit schlimmer als die andere. Wenn sie völlig ausgeweidet sind, muss ich sie zunähen. Abgesehen davon, dass ich alles beschreiben muss, die Kleidung, die sie tragen, die Farbe des Haars, der Augen, der Zähne, aber das ist nicht das Schlimmste. Das Schlimmste ist, nachts im Bett die Augen schließen und schlafen zu sollen. Das ist der schlimmste Teil. Und anschließend aufzuwachen und hierherzukommen. Das ist wirklich furchtbar.

Gestern, sagte sie, hat sich die Trage verzogen, auf der ein alter Mann lag, der an einem Herzanfall gestorben war; die Trage ist nämlich nicht ergometrisch, weil der Staat nicht mal das richtig hinkriegt, dem Staat sind seine Toten scheißegal, und der alte Mann rutschte zu Boden. Ich habe losgeheult und gedacht, reicht es denn nicht, dass der Mann stirbt, muss er mir auch noch runterfallen?

Wir blieben noch eine Weile vor dem Kiosk sitzen, es war schon fast fünf Uhr, aber die Sonne war immer noch so intensiv wie am frühen Nachmittag. Ich sagte das zu Sulamita, und sie fügte hinzu, stimmt, das ist ein weiteres Problem bei meiner Arbeit. Alles in dieser Stadt verfault so schnell.

Macht mal Platz, rief Sulamitas Mutter und kam mit der dampfenden Platte zum Tisch. Es gab Fisch mit Urucum, die Spezialität meiner Schwiegermutter. Ich hatte die Brühe mit Piranha- und

Krokodilfleisch schon gekostet, das ist nämlich meine Stärke, wiederholte die Alte.

Es war Sonntag, und wir, mein Schwiegervater und ich, waren den Vormittag über fischen gewesen. Unterwegs hatten wir Sulamita und Regina bei der Grotte neben der Fazenda Vista Alegre abgesetzt, hatten Sulamita geholfen, Regina aus dem Rollstuhl zu hieven und sie ins Wasser zu setzen, und waren dann weiter zum Fischen gefahren.

Es war Regenzeit, der Fluss führte viel Wasser und bedeckte eine Fläche, so weit das Auge reichte, und seine Ufer waren stark gestiegen. Noch weiter stromaufwärts ist es unbeschreiblich schön, sagte mein Schwiegervater, es gibt dort Buchten, Kanäle, Auen, Terrassen, Salzseen, eines Tages werde ich dich dorthin mitnehmen. Wenn es Gott gibt, sagte er, dann ist er für mich das Pantanal. Wir haben alles, wir haben Wald, Buschwald, Graslandschaft, wir haben die schönsten Vögel, die du dir nur denken kannst. Wo die Drossel singt, dachte ich. Da gibt es Palmen, dachte ich. Heute werde ich dir das Fischen beibringen, sagte er. Ich konnte fischen, kannte die ganze Gegend, mit Rita war ich überall dort gewesen, das war eine unserer Lieblingsbeschäftigungen. Manchmal mieteten wir uns ein Boot, schalteten mitten auf dem Fluss den Motor ab und ließen das Leben an uns vorbeifließen. Nur Rita und ich.

Schwiegervater, so nannte ich ihn, und er nannte mich mein Sohn. Für mich bist du jetzt mein Sohn, sagte er, während wir fischten. Und dann fing er an, mir Sulamita schmackhaft zu machen, du weißt gar nicht, was für ein wertvoller Mensch sie ist, sagte er, unschätzbar wertvoll und mutig, die Adjektive sprudelten wie ein Wasserfall. Jetzt spielt sie gerade mit Regina, sagte er, sie liebt das Schwimmen. Nur beim Schwimmen stören Regina ihre Beine nicht, ich glaube, das ist es, sagte er. Im Rollstuhl besteht sie nur aus Rumpf, im Wasser werden ihre Beine wieder lebendig, glaube ich. Du machst dir keine Vorstellung davon, was für eine Geduld Sulamita hat. Und sie hat ein großes Herz. Es war nicht einfach für mich und meine Frau, als wir Regina bekommen haben. Ein behindertes Kind ist fast wie ein halbes Kind. Es ist eine Last, das sage ich bei aller Liebe. Anfangs mochte ihre Mutter die Kleine nicht mal anschauen, sie dachte, sie hätte ein Monster zur Welt gebracht. Aber Sulamita, die damals fünf war, hat uns eine Lektion in echter Liebe erteilt. Sie war es, die Regina als Erste ins Herz geschlossen hat. Je weiter Regina heranwuchs, je krummer und hässlicher sie wurde, umso mehr liebte Sulamita sie. Hast du gesehen, wie gut die beiden sich verstehen?

Ich hatte es gesehen, und ich bemühte mich sogar, mich mit Regina zu unterhalten, obgleich ich ihr Grunzen nicht verstand. Sie sagt, dass sie ein Eis möchte, übersetzte Sulamita, wenn wir zu dritt unterwegs waren. Sie sagt, sie möchte einen Saft. Sie bittet mich, ihr die Windel zu wechseln. Sulamita, und nur Sulamita, verstand diese Sprache, die ebenso krumm und ungestalt war wie der Körper der Schwester.

Nach dem Fischen holten wir Sulamita und Regina bei der Lagune ab. Regina war völlig erschöpft und schlief auf dem Rückweg im Auto ein.

Nun saßen wir ausgehungert um den Tisch, zusammen mit Sulamitas beiden Cousins, einer verwitweten Tante, noch einer verwitweten Tante und der neunzigjährigen Großmutter. Wie apart, sagte die eine Tante, als Sulamita ihr den Ring zeigte, den ich ihr geschenkt hatte. Es war zwar kein Verlobungsring, lief jetzt aber praktisch darauf hinaus. Sulamita selbst nannte ihn Verlobungsring. Sehr fein, wiederholte die Tante. Wirklich sehr apart, echote die andere Tante. Ich hatte Serafina mitgebracht, erklärte, sie sei für mich so eine Art Mutter, aber die Indiofrau blieb stumm und still und aß ununterbrochen, aß und schaute, ohne auch nur irgendetwas von dem zu verstehen, was vor sich ging.

Sulamita hatte vorgeschlagen, auch Carlão und Rita einzuladen, sie wollte sie kennenlernen, aber ich behauptete, Rita sei wegen der Schwangerschaft häufig übel. Ich wollte die Visage der Schlampe nicht sehen. Ihr finsteres Gesicht. In Stiefeln, die Hände in die Hüften gestützt, hatte sie wissen wollen, was zwischen uns lief. Beschissen lief es, das hätte ich antworten sollen.

Nach jenem Tag im Leichenschauhaus hatten Sulamita und ich beschlossen, unsere Pläne schnell umzusetzen. Oder besser gesagt, Sulamita hatte das beschlossen. Wir würden uns ein Stück Land kaufen und heiraten. Sie wollte zuerst heiraten, aber ich war wie ein schlechter Autofahrer. Fuhr und blieb stehen. Blieb öfter stehen, als dass ich fuhr. Stockte. Behinderte den Verkehrsfluss. Manchmal begeisterte ich mich tatsächlich dafür, erzählte sogar Dona Lu an einem Nachmittag, als ich sie zum Arzt fuhr, von der Hochzeit. Sie war nun ständig beim Arzt, weil sie nicht mehr schlafen konnte, nur noch mit Pillen. Ich freue mich sehr für Sie, sagte Dona Lu. Ich wollte so gerne, dass mein Sohn Daniela heiratet, aber Júnior hat gar nicht an eine ernste Beziehung gedacht. Ein Hallodri, sagte sie. Sie bat mich, ihr Bescheid zu geben, wenn wir den Hochzeitstag wüssten, wir möchten Ihnen und Ihrer Braut ein Geschenk machen. Wir haben Sie sehr gerne. Mein Mann und ich und auch Dalva. Sie sind sehr qualifiziert für die Tätigkeit als Chauffeur, sagte sie, das habe ich auch zu José gesagt, und er ist der gleichen Meinung. Sie haben uns in dieser schweren Zeit sehr geholfen. Sie verstummte. So war es immer, Dona Lu redete, bis sie nicht mehr konnte, dann schwieg sie und saß stumm auf der Rückbank, ausgelaufen wie ein leckes Rohr.

Mein Schwiegervater lief ständig mit der Zeitung unterm Arm umher und strich Grundstücksanzeigen an. Alle waren zu teuer oder lagen zu weit weg. Behauptete ich. Wir müssen es richtig anpacken, wiederholte ich.

Morgen rede ich mit einem Makler, sagte mein Schwiegervater. Wir, die gesamte Familie, hatten zu Mittag gegessen und uns leicht betäubt auf das Sofa vor den laufenden Fernseher gefläzt. Ich hatte Serafina nach Hause zurückgebracht, und den restlichen Nachmittag über schauten wir uns den üblichen sonntäglichen Mist an. Dabei schlief ich irgendwann ein, den Kopf an Reginas Schulter gelehnt, die ebenfalls schlief.

Um sieben Uhr wachte ich auf, Sulamita war ins Leichenschauhaus gefahren, sie hatte Bereitschaftsdienst.

Ich verabschiedete mich von allen. Ich gehe schlafen, sagte ich. Muss morgen früh zur Arbeit.

Auhnsjfgfl, grunzte Regina, als ich ihr einen Kuss gab. Wie hätte ich die Geräusche, die sie von sich gab, wohl verstehen sollen?

15

Sonntagabend. Moacir brüllte, Eliana brüllte, und die Kinder brüllten.

Ich blieb im Gang stehen und überlegte, ob ich mich einmischen sollte oder nicht.

Eliana sagte: Sie geht mir auf die Nerven, diese verrückte Indianerin, ich bin nicht dazu verpflichtet, sie zu ertragen, sie hätte mir fast das Haus in Brand gesteckt. Moacir: Lenk nicht vom Thema ab, ich will wissen, woher du diesen Lendenbraten hast. Und die Innereien.

Noch mehr Geschrei. Von Fleisch war die Rede und vom Schlachter. Von Alceu. Etwas ging zu Bruch. Eine Glasscheibe. Und weiteres Geschrei.

Ich kratzte mich am Kopf, zündete mir eine Zigarette an, da war der Teufel los. Sieht schlecht aus heute, sagte ein Nachbar, ein Rentner, als er mich aus dem Auto steigen sah, ein Typ, der ständig seine Nase in Dinge steckte, die ihn nichts angingen. Die schreien schon den ganzen Nachmittag so herum, sagte er.

Die Beschimpfungen hörten gar nicht wieder auf. Schlampe. Säufer. Gemeines Biest. Nutte. Schlappschwanz. Erst als ich das Wort Dealer hörte, beschloss ich, an die Tür zu klopfen.

Moacir machte auf.

Was geht hier vor?, fragte ich. Die Nachbarn sind in heller Aufregung.

Moacir kam heraus und schloss die Tür. Eliana schimpfte weiter drauflos. Dieses Weib, sagte er. Hast du schon die Gerüchte gehört? Über sie und Alceu? Du weißt doch, Alceu, der Schlachter, der halb schielt?

Nein, sagte ich.

Ich hab die Nase voll, erklärte er. Die Frau macht mich wahnsinnig.

Ich tat, was ich konnte, um Moacir zu beruhigen, ging mit ihm in die Bar an der Ecke ein Bier trinken, aber um alles nur noch schlimmer zu machen, hatte Alceu, der Schlachter, die gleiche Idee gehabt.

Hast du gesehen, wie er mich anschaut? Hinterher behauptet er dann, dass er gar nicht geguckt hat, dass er schielt. Sieh nur, wie er rüberschaut. Am liebsten würde ich dem Schuft beide Augen ausstechen.

Der Typ schielt, sagte ich. Er schaut zur Tür, nicht zu uns.

Wirklich?

Ich kenne diese Typen, die schielen, sagte ich. Du musst dich beruhigen. Eliana ist eine anständige Frau.

Findest du?

Absolut.

Und dieser Alceu?

Verkauft Fleisch, sagte ich. Mehr nicht. Und schielt.

Wirklich?

Natürlich, Eliana liebt dich, antwortete ich. Wenn ich es dir doch sage.

Wir gingen zurück nach Hause, Moacir schien gebändigt. Er erzählte, der Mittelsmann von Ramírez habe in Paraguay ein Problem gehabt und die Lieferung noch nicht abgeholt. Er würde in der darauffolgenden Woche kommen. Vorsicht, sagte ich, du redest schon wie ein Dealer.

Wir lachten. Morgen kriegst du Geld von mir, sagte er. Allein heute habe ich schon fast hundert Gramm verkauft.

Wir verabschiedeten uns, ich ging in mein Zimmer hoch, und als ich beinahe schon eingeschlafen war, rief Carlão an. Bist du noch wach?

Mehr oder weniger.

Ich muss unbedingt mit dir reden.

Ich spürte, wie es mir kalt den Rücken herunterlief. Was ist los?

Kannst du vorbeikommen?

Morgen?

Nein. Ich brauche deine Hilfe. Jetzt.

Dieser Sonntag wollte offenbar kein Ende nehmen.

Rita sah aus wie eine Handvoll rohes Fleisch, der Mund böse geschwollen, Blutergüsse, nichts in ihrem Gesicht war, wie es sein sollte. Die Nase blutete, ein Zahn war ausgeschlagen. Auf dem Sofa weinend sagte sie, dass sie das Kind verlieren würde.

Wir müssen sie ins Krankenhaus bringen, sagte ich zu Carlão.

Soll sie doch verrecken, sagte mein Cousin wieder und wieder. Diese Nutte. Ihretwegen habe ich meine Familie verlassen. Meine beiden Töchter. Hoffentlich verreckt das Kind, das wünsche ich der Schlampe.

Carlão verließ das Wohnzimmer. Rita sah an mir vorbei und schluchzte hemmungslos. Ich ging zum Telefon, um einen Krankenwagen zu rufen, als Carlão mit einer Waffe zurückkam. Da erst wurde mir klar, dass er alles wusste.

Wir gehen, sagte er. Zum Wagen. Alle beide. Und zwar dalli.

Immer mit der Ruhe, Carlão. Lass uns reden, sagte ich.

Ach, auf einmal willst du reden, du Arschloch? Du hast ein armes Würstchen in São Paulo in den Selbstmord getrieben, ich bin hingefahren, habe dich aus der Gosse geholt, dich hergebracht, dir mein Haus angeboten, dir eine Arbeit besorgt, du bist hier eingezogen, hast an meinem Tisch gegessen und genommen, was du kriegen konntest, hast meine Frau gevögelt und ihr ein Kind gemacht.

Ich bin nicht deine Frau, sagte Rita.

Du halt den Mund, Piranha.

Du bist nicht mein Ehemann, sagte Rita trotzig.

Ich bringe euch beide bloß deshalb nicht gleich hier um, weil ich mein Wohnzimmer nicht mit dem Blut von zwei Schweinen besudeln will. Und weil ich euch nicht bloß töten will, ich will euch auch begraben. Setzt euch in Bewegung, alle beide.

Ehe wir zur Tankstelle aufbrachen, wo Carlãos Wagen stand, gingen wir an der Garage vorbei. Er nahm einen Spaten und gab ihn Rita. Ich sah Blut an ihren Beinen herablaufen, ganz ruhig, flüsterte ich, es wird alles gut.

Im Auto fragte er mich, ob ich mich, falls er mich verschonen sollte, um das Unglücksbalg kümmern würde, das zur Welt kommen sollte, was nicht passieren würde, da er mich zusammen mit Rita umbrächte. Das ist so sicher, wie zwei und zwei vier sind, sagte er, aber angenommen, ich bin so dumm und lasse euch beide laufen?

Ich kriegte kaum den Mund auf, um zu sagen, dass es mir sehr leidtue, dass weder ich noch Rita das so gewollt hätten, was nicht wahr war, denn wir beiden waren vom ersten Tag an scharf aufeinander gewesen, sie im Bikini beim Sonnenbaden, ich war vom ersten Moment an verrückt nach ihr gewesen, aber es stimmte, dass ich Reue empfand, ich wünschte, ich wäre Rita niemals nahe gekommen. Doch noch ehe ich den Mund aufmachen konnte, schrie er los, halt die Klappe, du Arschloch, du riesengroßes Arschloch, sagte er, du mieser Drecksack, halt bloß die Klappe, wenn ich deine Stimme höre, bringe ich euch beide hier auf der Stelle um und zünde den Wagen an.

Wir kurvten noch zwanzig Minuten lang herum, das Auto klapperte über die von Schlaglöchern übersäte, unbefestigte Straße, dann bogen wir in einen kleinen Pfad mit noch mehr Schlaglöchern ein, wo es noch einmal zehn Minuten lang weiterging.

Die Nacht war hell, wir konnten das Gelände ringsum sehen, die Bäume, die ganze Landschaft. Carlão hielt an, schaltete das Licht aus, und sobald wir ausgestiegen waren, drückte er Rita den Spaten in die Hand und befahl ihr, unter einem Trompetenbaum zu graben. Grab tiefer, sagte er. Noch tiefer. Schneller. Stärker. Als sie kurz davor war umzukippen, versetzte er ihr einen Tritt und sagte, sie tauge nicht mal dazu, ihr eigenes Grab zu schaufeln. Er übergab mir den Spaten.

Als die Grube tief genug war, verlangte Carlão, wir sollten beide mit dem Rücken zu ihm hineinsteigen.

Wir gehorchten. Rita weinte und presste meine Hand.

Lass seine Hand los, Piranha, schrie Carlão.

Nein, sagte sie. Wenn schon, dann will ich so sterben.

Ich versuchte, meine Hand wegzuziehen, aber Rita hielt mich fest.

Ich schloss die Augen. Und dann auf einmal hörten wir Schritte im Wald. Ich dachte, es komme jemand näher, aber dann merkte ich, dass sich das Geräusch von uns entfernte.

Ich fasste Mut, schaute mich um und sah, wie Carlão fortging, die Waffe in der Hand.

Rita schluchzte, zitterte, beruhige dich, sagte ich.

Ich dachte, wir wären ganz unten angelangt. Aber es sollte noch viel schlimmer kommen.

16

Kollaps, Over, sagte ich im Krankenhaus zu mir selbst. Ich versuchte, ruhig zu bleiben, genau wie Sulamita. Doch Sulamita hatte eine merkwürdige Eigenschaft. Sie war imstande, im Sumpf ihres eigenen Lebens, in ihrem privaten Morast zu versinken, aber wenn es um den der anderen ging, dann lief sie zu großer Form auf, ließ ihren Traktor an und schob mit enormer Geschicklichkeit den Schutt beiseite.

Sie war es, die in der Situation die Zügel in die Hand nahm. Sie war es, die ein Taxi rief und uns abholte, nachdem ich in den frühen Morgenstunden im Leichenschauhaus angerufen und ihr erzählt hatte, was vorgefallen war. Wir waren über zwei Stunden gelaufen, ehe wir ein Hotel fanden und um Hilfe bitten konnten, Rita konnte kaum sprechen. Unterwegs ins Krankenhaus dachte ich mir für Sulamita einen Haufen Lügen aus, behauptete, ich hätte bei Carlão und Rita ein Bier getrunken, die beiden hätten zu streiten begonnen, dann seien wir zum Abendessen in das Hotel gefahren, und auf dem Heimweg sei Carlão betrunken gewesen und ausgerastet. Ich habe das Schlimmste verhindern können, sagte ich.

Nachdem Rita im Krankenhaus versorgt worden war, bestand Sulamita darauf, ich solle Carlão anzeigen. Ist dein Cousin ein Psychopath? Er hätte das Mädchen fast umgebracht. Höchstwahrscheinlich wird sie das Kind verlieren. Du fragst mich immer, warum ich keinen Umgang mit meinem Cousin pflege, antwortete ich, nun, jetzt weißt du es. Carlão ist nicht ganz dicht, Rita spinnt, das Leben der beiden ist ein einziges Chaos, und ich habe keine Lust, daran teilzuhaben.

Bevor Sulamita uns in dem Hotel abholte, hatte ich Rita klipp und klar gesagt: Wenn du Sulamita irgendwas erzählst, wenn du meiner Verlobten wehtust, genau das hatte ich gesagt, meine Verlobte, wenn du meine Verlobte verletzt, schlage ich dir höchstpersönlich die Fresse ein. Hinterher bereute ich, so brutal gewesen zu sein. In dem Augenblick war Rita nicht mehr das Mädchen mit dem Irrsinnslächeln, sie wirkte eher wie ein Strich in der Landschaft, ein bedeutungsloses Etwas, und trotzdem war ihr Potenzial, mich zu ruinieren, nach wie vor enorm.

Rita musste drei Tage im Krankenhaus bleiben. Während dieser Zeit kümmerte sich Sulamita um sie, brachte ihr Wäsche, Zeitschriften, Obst, saß bei ihr am Bett, hielt ihr die Hand und beruhigte sie, keine Angst, du wirst das Baby nicht verlieren. Es wird alles gut. Du kommst wieder auf die Beine. Wir werden dir helfen. Soll ich deiner Mutter Bescheid geben? Deinem Vater? Deinen Geschwistern? Rita hatte niemanden, zumindest behauptete sie das. Wir sind deine Familie, erklärte Sulamita und verging vor Mitleid mit Rita. Wir werden uns um dich kümmern. Ununterbrochen quasselte sie etwas von Familie.

Muss das sein?, fragte ich Sulamita einmal ins Ohr. Rita schlief, aber ich befürchtete, dass sie nur so tat. Natürlich müssen wir das, erwiderte Sulamita. Sie ist deine Cousine. Sie ist nicht meine Cousine, sagte ich, Carlão ist mein Cousin. Sie ist sehr wohl deine Cousine. Und sie könnte jetzt bei mir auf dem Seziertisch liegen, sagte Sulamita. Kalt. Aber sie ist noch warm. Wir müssen uns um sie kümmern. Leg deine Hand auf ihren Arm, er ist doch warm, oder? Sie wiederholte die Frage, so als wollte sie ganz sichergehen, dass Rita am Leben war. Die Berührung macht den großen Unterschied aus, sagte sie. Das heißt, auf meinem Tisch fühlt es sich gleich an, es ist Haut, es ist Fleisch, aber eben kalt. Es sieht menschlich aus, ist menschlich, doch die Temperatur spricht eine andere Sprache. Ekelhaft. Das war das Wort, das sie benutzte. Und Rita ist warm, fuhr sie fort, wir müssen froh und glücklich sein. Findest du nicht, dass sie warm ist?

Wir sprachen leise, und Sulamita glaubte, dass Rita schlief, aber ich konnte an ihrem geschwollenen, blau angelaufenen Mund eine gewisse Absicht erkennen, die mir bekannt war, ein Anflug von Ritas Grinsen, ein berechnendes Grinsen, das Grinsen einer Hure, die keinen schäbigen Centavo wert ist.

Als Rita entlassen wurde, holte Sulamita sie im Krankenhaus ab. Ich hatte haufenweise Arbeit bei den Berabas, Dona Lu musste von einem Arzt zum anderen kutschiert werden, nicht nur in Corumbá, sondern auch in Campo Grande, und stets begleitete ich sie. Bei Ihnen fühlt sie sich sicher, hatte der Fazendeiro mir gesagt. Tatsächlich hielt er es nicht mehr aus, der liebe José. Er konnte nicht mit ansehen, wie seine Frau bei lebendigem Leib von den Würmern seines toten Sohnes aufgefressen wurde. Selbst die Polizei, die zuvor behauptet hatte, sie würde den Jungen finden, entweder ihn oder seine Leiche, machte ihnen keine Hoffnungen mehr. Sie rechneten inzwischen wohl damit, dass Júnior im Fluss verschwunden war. Und José Beraba ertrug es nicht, noch länger zu leiden. Er ertrug es nicht, seine Frau leiden zu sehen. Er ging auf die Fazenda und überließ seine vor sich hin sterbende Frau Dalva und mir. Tag für Tag gab es ein neues gesundheitliches Problem, einen Schmerz im Nacken, einen Schmerz an der Schläfe, Schmerzen gleichzeitig im Nacken und an der Schläfe, eingeschlafene Arme, Fühllosigkeit in den Beinen, Herzrhythmusstörungen, Erbrechen, immerzu neue Symptome. Und neue Ärzte. Ich wusste, falls Júnior auftauchte, und sei er tot, die Krankheiten würden vergehen. So war es auch bei meiner Mutter gewesen. Am Anfang ist die Krankheit bloß eine Einbildung, eine Form des Körpers, die Seele zu erpressen, aber mit der Zeit wird daraus ein wahrhaftiger Krebs. Das war bei meiner Mutter so geschehen, vor meinen Augen. Bauchspeicheldrüsenkrebs. Metastasen. Dona Lu selbst hatte mir erzählt, ihr Leben in den vergangenen siebenundzwanzig Jahren habe aus der Liebe zu diesem Sohn bestanden. Alles andere war nebensächlich. Gott möge mir verzeihen, sagte sie, aber nach der Geburt meines Sohnes ist sogar er, der Allmächtige, zweitrangig geworden. Zuerst kam mein Sohn und dann der Rest. Dann erst kam Gott. Dann mein Mann. Dann das Andenken an ihre geliebten Eltern. Und dann sie selbst. Was soll aus mir werden?, fragte sie Dalva mitten in der Nacht, wenn die Köchin ihr während der Reisen des Hausherrn Gesellschaft leistete. Ihr Übel, das noch keine Krankheit, nur ein Symptom war, aus dem aber in der Zukunft Krebs werden würde, hieß: Wo ist mein Sohn? Ich will meinen Sohn zurück. Bringt mir meinen Sohn wieder. Das war das Problem.

Ich hatte keinen Kopf, um an Rita zu denken. Was sollen wir mit ihr machen?, fragte Sulamita mich, als Rita aus dem Krankenhaus entlassen wurde. Sie ist alt genug, erwiderte ich, sie kommt schon zurecht.

Aber als ich abends zu Sulamita nach Hause kam, konnte ich es kaum fassen: Da saß Rita mit ihrem Piranhagesicht und den abgeblätterten rot lackierten Fingernägeln mit meiner Familie am Tisch beim Abendessen. Mit meinem Schwiegervater und meiner Schwiegermutter. Und mit meiner Schwägerin.

Rita wurde von ihnen so liebevoll wie nur möglich aufgenommen und behandelt. Mit der allergrößten Rücksicht. Rita schlief bei Regina im Zimmer und bekam ein Bett und frisch gewaschene Wäsche. Sie muss ordentlich essen, sagte Sulamitas Mutter. Und flößte Rita Brühe ein.

Das machte mich schier wahnsinnig.

Eines Tages nutzte ich die Gelegenheit, als wir beide alleine im Wohnzimmer waren, und sagte zu Rita, hör zu, wenn es stimmt, was du da redest, und das Kind ist von mir, dann lass dir gesagt sein, ich werde mich nicht dazu bekennen. Hier hast du Geld, lass dir das blöde Balg wegmachen oder tu, was du willst, aber bekomm es weit weg von mir. Du hast kein Recht, erst Carlão das Leben zu versauen und dann mir. Dein Projekt, uns reihenweise das Leben zu versauen, ist beendet. Du kannst dich als Siegerin betrachten, erklärte ich.

Ich sagte all das in der Hoffnung, Rita würde mir eine weitere Ohrfeige verpassen, das Geld auf den Boden werfen, aber sie reagierte nicht. Sie war kaum wiederzuerkennen. Und Ritas Lachen? Wo war es geblieben?

Sie versucht, dich reinzulegen, Over. Damals fing dieses komische Gefühl an, sich bei mir bemerkbar zu machen, es war, als ob mein inneres Funkgerät, das in mir entstanden war, als ich im Telefonmarketing arbeitete, als ich den ganzen Tag lang beim Zuhören Over sagte, es war, als ob dieses innere Funkgerät auf einmal funktionierte und mir unabhängig von meinem Willen Dinge eingab. Ein verstecktes Funkgerät. Eine innere Stimme, etwas, das zu mir gehörte, aber gleichzeitig selbstständig war, das mir sagte: Vorsicht, Gefahr. Es sagte: Sie denkt, du bist blöde, du bist von gestern, Over. Gefahr. Gefahr, Over.

Mein Kopf glich einem Dampfkochtopf. Alles beunruhigte mich, Rita, Sulamita, Dona Lu, Moacir, das Kokain, alles.

Lass uns wegfahren, sagte ich an einem Freitagnachmittag zu Sulamita, und wir verbrachten das Wochenende in einem Hotel auf einer Fazenda in der Gegend. Moacir hatte mir gerade wieder einen Haufen Geld gegeben, aber ich verschwendete keinen Gedanken daran zu sparen. Ist das nicht zu teuer?, fragte Sulamita, als wir in die Rezeption des Hotels kamen, eine anheimelnde Atmosphäre mit einem ausladenden blauen Sofa und geblümten Sesseln, wo ein paar Touristen Ausflüge planten. Das ist bestimmt sehr teuer, flüsterte Sulamita. Ich log, sagte, Dona Lu sei Mitglied und habe uns das Wochenende dort geschenkt. Sulamita ließ mich kein Geld mehr ausgeben, wenn wir es ausgeben, legen wir nichts zur Seite, erklärte sie, und wir können nur umziehen, wenn wir Geld zur Seite legen. Und es nicht ausgeben. Zur Seite legen und nicht ausgeben. Und sparen. Sie wiederholte das gebetsmühlenartig.

Ich aber gab alles aus, ich konnte mich nicht beherrschen. Serafina hatte mich um Geld für einen Besuch bei ihrem Stamm gebeten, ich bezahlte. Mein Schwiegervater bat mich um Geld, um sein Dach zu reparieren, ich bezahlte. Aber sag Sulamita nichts davon, bat er. Dann wollte er weiteres Geld, wofür, hatte ich nicht verstanden, ich gab es ihm. Später sagte er, er wolle hinten am Haus ein Zimmer für Sulamita und mich anbauen, ich gab ihm noch mehr Geld. Wenn mein Vater dich um Geld bittet, gib ihm keins, warnte mich Sulamita. Ich habe den Verdacht, dass er noch eine zweite Familie hat. Sie sagte es mir zu spät, der Alte hatte bereits einen Batzen Kohle zu seiner Geliebten getragen. Wenn er denn tatsächlich eine hatte.

Noch heute erinnere ich mich, wenn ich die Augen schließe, an dieses Wochenende. Wir verließen unser Zimmer nur, um wandern und schwimmen zu gehen. Ich verbrachte die Vormittage damit, mich in den Lagunen treiben zu lassen, die Sonne auf der Haut zu spüren, und nach dem Mittagessen schliefen wir und liebten uns. Manchmal ging Sulamita reiten, aber ich blieb im Zimmer und dachte, dass alles gut werden würde, Over. Nicht alles, Over. Vorsicht, Over. Meine Vorahnungen, dachte ich, waren falscher Alarm. Sie sind real, Over. Vorsicht. Sie sind nicht real, wiederholte ich. Zum Glück, dachte ich, war es Rita, die litt, war es Carlão, der litt, war es Dona Lu, die litt, Over.

Lieber sie als ich, dachte ich. So weit, so gut, dachte ich. Ich war sicher in dem Zimmer mit den blauen Gardinen, in dem alles so blau war wie der blaue Himmel draußen. Schwarz, Over.

Als wir am Sonntagabend zurückkehrten, war Sulamitas Mutter traurig. Rita ist weg, sagte sie und machte ein untröstliches Gesicht. Sie lässt euch grüßen. Ich hatte das Mädchen so gerne, sagte meine Schwiegermutter, sie war so geduldig mit Regina.

Hat sie einen Brief hinterlassen?, fragte ich.

Nein, nur die Grüße.

Am Boden zerstört ging ich hinaus, ich fühlte mich wie der letzte Dreck. Wie hatte ich Rita, noch dazu schwanger, wie sie war, nur so behandeln können? Ich wusste nicht, wo ich sie suchen sollte, und mir kam die absurde Idee, Carlão um Hilfe zu bitten. Ich rief sogar bei meinem Cousin an, legte aber auf, als er mit betrunkener Stimme abnahm. Carlão, er trank jetzt. Und winselte vor der Tür seiner Exfrau herum. So wurde es mir zugetragen.

In der Nacht saß ich vor der Werkstatt, in der Hoffnung, dass sie auftauchte. Während ich auf die menschenleere Straße und die Reihe der Strommasten starrte, verging die Zeit, aber das Einzige, was es in der Dunkelheit der frühen Morgenstunden gab, war eine befremdliche Stille, in der ich nur den Schlag meines Herzens hören konnte.

Es tagte schon fast, als ich in mein Zimmer ging. Und kaum dass ich mich hingelegt hatte, fing das Geschrei an. Sollen sie doch zum Teufel gehen, dachte ich und vergrub den Kopf in den Kissen.

Ich stand erst auf, als ich die Sirenen hörte.

Ich ging runter, so wie ich war, in Shorts und mit bloßem Oberkörper.

Moacir hatte Eliana windelweich geprügelt, Frauen zu schlagen war in Corumbá offenbar in Mode. So verständigten sich die Ehepaare hier, mit Prügeln. Bis aufs Blut.

Zwei Polizisten unterhielten sich an den Wagen gelehnt, während zwei weitere Beamten versuchten, die Lage drinnen zu klären.

Angespannt blieb ich dort, redete belangloses Zeug und dachte an nichts anderes als an die Drogen.

Er ist ein guter Kerl, sagte ich.

Es gibt Frauen, die haben tatsächlich einen Klaps verdient, bestätigte einer der Polizisten.

Manche stehen da sogar drauf, sagte ein anderer.

Wir lachten, ich dachte, damit sei die Sache erledigt.

Doch dann trat einer der Polizisten, die drinnen im Haus waren, aus der Tür und verlangte die Handschellen.

Wir haben bei dem Schlitzohr fast zehn Kilo Schnee gefunden.

Zehn Kilo. Fast zehn Kilo.

TEIL 2

Der Dieb

»What world does a dead man belong to?
Other world.
What world does money belong to?
This world.«

CHARLES DICKENS

17

Wie viel hast du dabei?, fragte Ramírez.

Wir saßen wieder im Innenhof seiner Fabrik in Puerto Suárez. In der Gegend dort verliefen die Abwasserkanäle unter freiem Himmel, und Gestank nach Exkrementen zerschnitt die Luft. Mir war schwindelig, ich hatte mich unterwegs verfahren, nach rechts, nach links, nach rechts, wieder nach links, ich versuchte mich an den Weg zu erinnern, den ich bei meinem ersten Besuch genommen hatte, aber ich hatte mich geirrt, versuchte es noch einmal, verfuhr mich jedoch ständig, ich musste ins Stadtzentrum zurück, Juan anrufen, die Koordinaten notieren, und nun saß ich da, verlegen, schwitzend, es wird Ärger geben, Over.

Juan hörte unser Gespräch mit an, während er zwei Frauen die Bedienung der Presse beibrachte. Eine dritte, jünger und dicker, schnitt Ramírez mit einem Elektrorasierer das Haar so kurz, dass es aussah wie die Borsten eines Schrubbers.

Rede Klartext, verlangte Ramírez. Ich hasse es, wenn die Leute um den heißen Brei herumreden. Ich will ganz genau wissen, wie viel du für mich dabeihast.

Ich hatte nichts dabei, hatte alles ausgegeben. Bei meinem Besuch bei Moacir tags zuvor im Gefängnis hatte er das Gleiche gesagt, er hatte alles ausgegeben und Kredite abbezahlt, es ist nichts übrig, nichts, hatte er gesagt. Raten für Kühlschrank, Fernseher, Waschmaschine, Moacirs Haus glich einem Ausstellungsraum für Haushaltsgeräte, alles nur wegen der elenden Eliana, hatte er gesagt, für diese Frau tue ich alles, aber es nützt nichts, sie betrügt mich, jawohl, ich habe ein Kärtchen vom Schlachter gefunden, auf dem er ein Treffen mit ihr hinter der Schlachterei verabredet hat. Ich liebe dich auch, stand auf der Karte, hatte Moacir erzählt.

Ich hatte ihn besucht, um mit ihm über unser Problem zu sprechen, um ihn zu bitten, den Mund zu halten, mich nicht mit in die Sache hineinzuziehen, und auch um zu sehen, was wir mit Ramírez machen würden, aber Moacir war nur wegen Eliana wirklich besorgt; dass die Frau in den Schlachter verliebt war, machte ihn wahnsinnig. Wenn Alceu geschrieben hat, ich liebe dich ›auch‹, sagte er und betonte dabei das Wort ›auch‹, dann weil Eliana zu ihm gesagt hat, dass sie ihn liebt. Meinst du nicht?

Ich versuchte, ihn in die Realität zurückzuholen, wie sollen wir dich hier herausbekommen?, fragte ich mehr als einmal. Lieber bleibe ich im Gefängnis, als Eliana mit Alceu zusammen zu sehen, antwortete er. Wie soll ich den Leuten im Viertel in die Augen schauen? Meinen Nachbarn? Was werden sie sagen? Und meine Kinder?

Eliana soll sich zum Teufel scheren, sagte ich zu Moacir. Versetz der Schlampe einen Tritt in den Hintern, außerdem ist sie hässlich wie die Nacht. Eliana? Hässlich? Das passte Moacir nicht, nur er durfte über seine fette Zwergin herziehen. Beleidige Eliana nicht, entgegnete er. Eliana ist mein Ein und Alles, und es ist auch nicht ihre Schuld. Ich kenne meine Frau, sie würde nicht auf ein Schielauge wie Alceu reinfallen, der die ganze Zeit nur Zickenbraten auf den Schultern schleppt. Es ist wegen der Schlachterei. Sie ist in die Schlachterei verliebt.

Nun saß ich Ramírez gegenüber und bemühte mich, ihn zu verstehen, unser Gespräch verlief stockend, ich war nervös, und häufig kam ich mit dem Spanischen durcheinander, und um alles noch schlimmer zu machen, vermengte sich der Lärm des Elektrorasierers mit den Sätzen. Wie? Unsicher fragte ich nach.

Was hast du gesagt? Ist Porco taub? Ramírez wurde wütend, und Juan musste die Presse verlassen und mit seinem spanisch-portugiesischen Sprachgemisch dolmetschen.

Es ist ganz simpel, erklärte Ramírez. Moacir hat mir erzählt, dass deine Frau bei der Polizei ist, stimmts? Rede mit deiner Frau und sag ihr, sie soll die sichergestellten Drogen zurückgeben. An dieser Stelle wurde mir mulmig, nicht im Traum kam mir in den Sinn, Sulamita mit in die Angelegenheit hineinzuziehen. Als Erstes schoss mir durch den Kopf, was für ein Idiot ich doch gewesen war, wie hatte ich Moacir nur vertrauen können? Man denkt, der Teufel kommt durch die Hintertür, mit den Feinden, aber in Wahrheit sind wir selbst es, die ihm die Tür öffnen, wenn wir jemandem vertrauen. Der blöde Indio. Plaudertasche. Wie heißt noch gleich deine Frau?, fragte Ramírez. Exfrau, antwortete ich. Ex, wiederholte ich, wir sind getrennt, wir waren eigentlich auch nie verheiratet, nur zusammen. Sie war Verwaltungsgehilfin auf der Polizeiwache, aber jetzt arbeitet sie im Leichenschauhaus, erklärte ich. Ach so, dann haben sie dich also deshalb geschnappt, folgerte Ramírez. Ich will dir mal was sagen, Porco: Du hättest dich nicht von ihr trennen sollen. Keine Frau kriegt gerne einen Tritt in den Hintern. Sie hat dich verpfiffen. Das ist es gewesen. Ich habe niemandem einen Tritt in den Hintern verpasst, erwiderte ich, und ich bin auch nicht geschnappt worden. Sie haben Moacir verhaftet, nicht mich. Mir ist scheißegal, was passiert ist, sagte Ramírez. Du bist für mich ein Verlustgeschäft.

Ramírez redete, ohne mich anzuschauen, blickte nur in den Spiegel, den er in den Händen hielt. Vorne war sein Haar bereits eine Bürste wie aus dem Bilderbuch, aber hinten, wo es noch nicht geschnitten war, sah es aus wie der Flügel eines Geiers.

Bedenk doch, in was für eine Lage du mich bringst, Porco. Du bist gekommen und hast zehn Kilo in Kommission mitgenommen. Fünf, erwiderte ich. Zehn, beharrte er. Zu unserer

Verabredung gehörte, die anderen fünf in Corumbá zu übergeben. Das ist nicht erfolgt. Zweimal hat mein Mitarbeiter versucht, die Drogen abzuholen, die nach Araraquara gebracht werden sollten, aber Moacir war nicht da. Und nun erzählst du mir, dass die gesamte Menge sichergestellt worden ist. Und dass du nicht zahlen kannst. Wenn deine Freundin uns verpfiffen hat, sagte er. Jetzt mach mal halblang, unterbrach ich ihn, sie hat niemanden verpfiffen. Ich erzählte ihm von dem Streit zwischen Moacir und seiner Frau. Deswegen ist die Polizei gekommen, wiederholte ich, es hat keine Anzeige gegeben. Natürlich hat es das, antwortete er. Es war deine Freundin.

Nun schien der Rasierer in meinem Kopf zu surren und meine Gedanken zu stutzen. Ich schwitzte, mein Diensthemd war schweißdurchtränkt, ich würde kurz nach Hause müssen, ehe ich zu den Berabas zurückfuhr, überlegte ich.

Fassen wir zusammen, sagte Ramírez. Erstens: Moacir soll die Klappe halten, weil ich mir andernfalls Sorgen um sein Leben mache. Ich habe gehört, dass Typen, die viel quatschen, in der Zelle aufgehängt werden. Das ist schade, kommt aber vor. Zweitens: Ihr schuldet mir fünfzigtausend Dollar. Dreißig für die Ware und zwanzig für den Verlust. Und drittens: Ich gebe dir einen Monat und keinen Tag länger, um die Schulden zu begleichen. Ich bin nett zu euch. Ich mag Moacir. Viertens: Damit das ganz klar ist, Porco, du Niete: Wenn du nicht zahlst, komme ich zu dir nach Hause und mache dich fertig, dich und deine Freundin, ihre Verwandten und Moacirs Familie. Dann sind wir quitt. Und jetzt, sagte er, verschwinde, ich will mir in Ruhe die Haare schneiden lassen.

Zurück auf der Straße fühlte ich mich völlig entmutigt, du bist geliefert, Over. Wo sollte ich fünfzigtausend Dollar auftreiben? Ich verspürte ein großes Bedürfnis danach, mit Rita in einem Boot zu sitzen, dem Rauschen des Wassers zu lauschen, wo mochte sie wohl sein?

Im Radio meldeten sie, die Engländerin N. K., Kassiererin in einem Supermarkt, habe soeben in der Lotterie zwei Millionen Pfund gewonnen, das machte in unserer Währung fast acht Millionen. Schade, dachte ich, dass das N. K. und nicht mir passiert war. Die richtig schlimmen und die richtig guten Dinge passieren nur den anderen, dachte ich. Nur die anderen werden vom Rotorblatt eines Helikopters geköpft. Nur die anderen verlieren fast alles an der Börse. Zum Ausgleich machen auch nur die anderen die großen Gewinne an der Börse. In der Lotterie. Nur sie. Das Leben, das sind die anderen, dachte ich. Sie. Wir, der Rest, bleiben zurück und sehen und hören von ihrem Leben in der Regenbogenpresse und in den Nachrichten im Fernsehen.

Mein einziger Ausweg, dachte ich, während ich einen altersschwachen Laster überholte, mein einziger Ausweg ist Dona Lu. Und was, wenn ich mit ihr redete? Ihr die Wahrheit erzählte? Dona Lu wiederholte ständig, dass sie mich mochte. Sie mag dich dafür, dass du ihren Wagen chauffierst, Over. Ihr die Tür aufhältst und zumachst. Dafür, dass du sagst, ja, danke, gnädige Frau. Gewiss doch. Wenn ich Júnior wäre, überlegte ich, würde sie zahlen. Aber du bist nicht Júnior, Over. Júnior, das sind die anderen, Over. Sie. Die einen Helikopter haben. Die Drogen hatten allerdings Júnior gehört, dachte ich im Stillen. Das heißt, nicht speziell diese Drogen, sondern die vorherigen, die schon verkauft waren. In gewisser Weise war Júnior Bestandteil meiner Bredouille. Wenn man es recht bedachte, säße ich ohne Júnior jetzt überhaupt nicht der Patsche.

Während ich mich zu Hause umzog – ich war schon spät dran, um zur Arbeit zu fahren –, bemerkte ich, dass ich kein Geld mehr hatte. Ich kletterte hoch, um die letzten Geldscheine, die Moacir mir einen Tag vor seiner Verhaftung gegeben hatte, aus dem Versteck zu holen. Und dabei fiel mein Blick auf Júniors Rucksack.

Ich nahm ihn heraus und leerte seinen Inhalt auf meinem Bett aus: Kreditkarten, Schlüsselbund, Personalausweis, Führerschein. Ich schaute mir noch einmal die Fotos auf den Ausweisen an. Gutaussehender Typ, dieser Júnior. Machte was her. Ich setzte seine Brille auf und ging mich im Spiegel betrachten. Nur sie werden reich geboren. Die Júniors. Nur sie stürzen mit ihren Privatflugzeugen ab.

Ich schaltete das Handy an. Sie haben neun Nachrichten, stand auf dem Display. Geben Sie Ihren Pincode ein, sagte die Tonbandstimme. Ich versuchte es mit den Zahlen von Júniors Geburtstag. Fehlanzeige. Die Nachrichten kamen, als ich einen Teil seiner Personalausweisnummer eingab. Um wie viel Uhr kommst du an?, fragte Dona Lu. Dein Vater möchte heute früh zu Abend essen, er verreist morgen. Ruf mich an. Ich liebe dich, mein Sohn. Eine andere Nachricht war von Daniela, seiner Freundin: Hallo, Liebling, Gi hat uns heute zu sich eingeladen. Ricky und Laura kommen auch. Gabi ist ebenfalls da. Wenn du ankommst, ruf mich zu Hause an.

Die anderen Nachrichten waren von Dona Lu, und es war offensichtlich, dass sie erst nach dem Unfall hinterlassen worden waren. Eigentlich waren sie nur ein einziges Schluchzen und Stöhnen, ein pochender Schmerz, der sich einem ins Hirn bohrte. Wenn ich den genauen Moment angeben sollte, an dem mir die Idee kam, Dona Lu zu erpressen, dann würde ich sagen, dass es dort auf dem Bett war, als ich die aufgezeichneten Nachrichten abhörte. Ich hatte das Gefühl, dass in dem Moment etwas an die Oberfläche gelangte, ein Teil von mir, der versunken am Boden meines Sumpfes lag, das Böse, Over. Und was, wenn du die Familie erpressen würdest? Over. Wenn du sagen würdest, du weißt, wo sich die Leiche befindet? Und wenn du Geld für die Leiche verlangen würdest? Over.

Ich mochte Dona Lu sehr, aber das hinderte mich nicht daran, auf diese furchtbare Idee zu verfallen. Das, dachte ich, ist die reine Schlechtigkeit. Und ich bin ein guter Mensch. Wenn ich schon kein guter Mensch bin, dachte ich, dann bin ich zumindest kein völlig schlechter. Ich bin ein ganz normaler Mensch. Ein halbwegs guter. Eigentlich bin ich neutral. Ich sündige permanent. Jawohl, ich habe diese Verkäuferin in den Abgrund gestürzt. Mit einer Ohrfeige. Jawohl, ich hatte eine Affäre mit der Frau meines Cousins. Ich habe in meinem Leben ziemlich viel gelogen. Aber bestimmte Dinge tue ich einfach nicht. Ich töte nicht. Ich stehle nicht. Ich bin auch nicht imstande, den Schmerz einer Mutter auszunutzen. Oder eine Mutter zu erpressen, die leidet. Mit der Leiche ihres eigenen Sohnes. Eine Gelegenheit, Over. Eine Mutter, die du kennst und die Dona Lu heißt. Fünfzigtausend Dollar, Over. Wenn diese Niederträchtigkeit in mir war und emporsteigen wollte, dann würde ich ihr den Garaus machen.

Du bist ein Esel, Over. Das sagte mir mein inneres Funkgerät, das sich nicht mehr ausschalten ließ. Ich dachte, und mein persönlicher Gesprächspartner, Over, dachte das Gegenteil, versuchte mir ständig zu zeigen, dass ich falschlag, dass Gutsein, Over, genau wie Gott, eine Erfindung war, dass der Mensch schlecht geboren und im Laufe der Zeit noch schlechter wird und dass ich sehr wohl meinen teuflischen Plan weiterverfolgen sollte.

Während ich mich noch in diesem Zwiespalt befand, hatte ich mich umgezogen und war fertig, um zur Arbeit zu fahren, aber schon wieder ganz verschwitzt und traute mich nicht hinaus in die Hitze; genau in dem Moment, als ich überlegte, bei den Berabas anzurufen und zu sagen, dass ich mich nicht wohlfühlte, rief Dalva mich an.

Wo bist du?, fragte sie. Aufgeregt bat sie mich, ins Krankenhaus zu kommen. Dringend.

Ich verstaute alles wieder hinter der Klappe und rannte los.

18

Schrecklich, sagte Dalva, als ich im Krankenhaus ankam, einfach schrecklich. Heute früh war dieses Mädchen da, die Freundin von Júnior. Dona Lu hatte den Tag eigentlich gut begonnen, ich hatte sie sogar dazu bewegen können, ein wenig Milch zu trinken. Wir hatten einen Spaziergang im Garten gemacht, sie hatte auf der Veranda ein Sonnenbad genommen, es ging ihr richtig gut, wir haben uns unterhalten, sie fragte, ob es noch lange dauern würde, bis du kämst, sie wollte gerne in die Kirche fahren, nun, ich dachte, es wird ein besserer Tag, aber dann kam Daniela, du weißt ja, wie sie ist, ich habe noch nie etwas Verwöhnteres gesehen als Dani, die verzogene Göre, sie kam direkt aus dem Schönheitssalon, Finger- und Fußnägel perfekt angemalt, man konnte sogar noch den Lack riechen, verstehst du? Frischen Nagellack. Und plapperte los, sie würde leiden, sei deprimiert, sie halte das nicht mehr aus, und ich sah immerzu nur diese rot lackierten Nägel. Das Mädchen geht also zur Maniküre und leidet? Das ist mir zu hoch. Leid trägt keine rot lackierten Nägel. Schau dir Dona Lu an. Die Frau putzt sich nicht mal die Zähne, wenn ich ihr nicht die Zahnpasta auf die Zahnbürste tue, nicht mal das kriegt sie zustande. Haare kämmen. Ich bin es, die Dona Lu anzieht. Und die da geht zur Maniküre. Sofort lagen sich die beiden weinend in den Armen, ich habe das Mädchen zur Seite genommen und gesagt, hören Sie zu, Dani, es ist besser, wenn Sie gehen, Dona Lu ist sehr schwach, sie verträgt so viel Gefühlswallung nicht. Aber Dani tat ganz naiv, umarmte mich, weinte und blieb, schluchzte und beklagte sich über das Leben. Als sie ging, musste Dona Lu sich hinlegen, du weißt ja, die Ärmste ist so klapperdürr, so schwach, dass sie sich kaum auf den Beinen halten kann. Als ich ihr mittags ihre Suppe brachte, fand ich sie am Boden neben den leeren Tablettenschachteln. Schrecklich.

Ich war fix und fertig, nicht nur wegen Dona Lu, sondern weil ich mir den ganzen Vormittag lang überlegt hatte, auf welche Weise ich die Frau betrügen könnte, die versucht hatte, sich umzubringen. Und die mich mochte. Die mir vertraute. Wie würde ich Dona Lu etwas Böses antun können?

Dalva ging Obst kaufen, und Seu José fuhr nach Hause, um zu duschen, ich komme gleich wieder, sagte er. Ich blieb allein im Vorzimmer sitzen und schaute dem Kommen und Gehen der Krankenschwestern zu.

Es war gegen vier Uhr, als ich ein Rascheln vernahm, Dona Lu war leise wie eine alte Katze. Ich ging ins Zimmer hinein, sie war wach. Ich fragte, ob sie irgendetwas brauche. Erklärte, dass Seu José und Dalva eigentlich schon wieder zurück sein müssten, dass ich nicht weggehen würde, dass sie ganz beruhigt sein könne. Sie lächelte hilflos, ich hielt ihr die Hand und sagte, ich würde völlig verstehen, was sie durchmachten. Und dann fing ich an, die Geschichte meines Vaters zu erzählen, auf eine Weise, wie ich es noch nie zuvor getan hatte. Jahrelang war es, als schämte ich mich für das, was mit meinem Vater passiert war. Wie kann es sein, dass ein Mensch aufwacht, frühstückt, Frau und Sohn küsst, zur Arbeit geht, bis später sagt und nie wiederkommt? Ich hatte stets geglaubt, das Problem wäre ich, nicht mein Vater. Meine Mutter. Dabei war sie das Problem. Wir beide zusammen waren meinem Vater ein schwerer Klotz am Bein. Und dann, muss ich gestehen, hatte ich Schwierigkeiten, ein Ende wie dieses zu begreifen. So enden Menschen einfach nicht, dachte ich. Das war ein Fehler im System. Ein Fehler von irgendwem. So jedenfalls dachte ich, aber an dem Tag erzählte ich die Geschichte anders. Vielleicht, weil es mir zumindest dort im Krankenhaus so vorkam, als gehörten Dona Lu und ich demselben Klub an, dem Klub derer, die nicht wissen, was mit ihrer eigenen Familie passiert ist. Dem Klub derer, die es als Letzte erfahren. Ich war selbst überrascht von meinem Mut an diesem Tag. Es braucht ein gewisses Maß an Unverfrorenheit, um von Verlassen zu sprechen, auch wenn es keine Schuldigen gibt. Ich redete freimütig, erzählte, dass mein Vater aus dem Haus gegangen war und sich in Luft aufgelöst hatte, nicht mal in dem Schuhladen, in dem er als Geschäftsführer arbeitete, war er erschienen. Wir sind ratlos, hatten die Verkäuferinnen zu meiner Mutter gesagt. Wir wissen nicht, was wir mit den Bestellungen machen sollen. Mit den Zahlungen. Wo ist die Steuerbescheinigung? Er ist nur mit dem weggegangen, was er auf dem Leib trug, wiederholten wir. Als ob das ein Beweis dafür gewesen wäre, dass wir nichts mit seinem Verschwinden zu tun hatten. Und nachts im Bett schluchzte meine Mutter an mich geklammert und murmelte, irgendetwas Schreckliches sei Papa zugestoßen, etwas ganz Schlimmes, sagte sie, das erfüllte mich mit Angst, ich malte mir etwas so Furchtbares aus, dass ich es mir nicht einmal bildlich vorstellen konnte, nicht wie ein Feuer oder eine Schießerei, es war schlimmer, es war die Essenz des Bösen, ohne feste Form, unerbittlich wie ein Sturz in den Abgrund. Wenn er am Leben wäre, sagte sie, würde er mich anrufen. Aber Tatsache ist, dass mein Vater nie anrief. Wir haben nie erfahren, ob er gestorben war, ob er ermordet, überfahren und mittellos begraben wurde oder ob er mit einer anderen Frau durchgebrannt war.

Ich erzählte auch von den regelmäßigen Besuchen in Krankenhäusern und Polizeiwachen, den falschen Spuren, den vergeblichen Reisen, von unserer endlosen Warterei, die erst an dem Tag vorüber war, als meine Mutter starb. Zusammen mit meiner Mutter habe ich auch meinen Vater beerdigt. Im selben Grab. Es war notwendig, meinen Vater zu beerdigen, sagte ich. Das war sehr wichtig. Das Begräbnis. Ohne eine zumindest symbolische Beerdigung wäre ich nicht imstande gewesen weiterzuleben.

Sie hatte die Augen geschlossen, schien nicht zuzuhören, ich sprach noch eine Zeit lang, bis ich die Tränen bemerkte, die ihr das Gesicht herunterrannen und auf das Kopfkissen tropften.

Die Krankenschwester kam herein, um ihr eine Spritze zu geben, und ich fragte sie, ob ich lieber hinausgehen sollte. Sie antwortete nicht. Sie hielt meine Hand fest, nicht sehr, aber sie hielt sie fest. Ich wartete, bis sie die Medikamente eingenommen hatte, und ließ sie erst allein, als ich sah, dass sie eingeschlafen war.

Später kam Daniela zu Besuch, brachte Blumen und Schokolade mit. Sie schläft gerade, sagte ich. Daniela setzte sich neben mich, enge Hosen, Haare bis zur Taille. Sie strahlte Reichtum aus, diese Daniela. Der Reichtum drang ihr aus den Poren und glänzte vor meiner Nase wie Glitzerstaub.

Ich habe die Hoffnung aufgegeben, sagte sie.

Worauf?

Júnior ist tot. Wir werden ihn nicht mehr finden.

Und warum kommen Sie dann her?

Wie bitte?

Warum nerven Sie Dona Lu?

Ich hatte ohne nachzudenken geredet, aber wo ich es nun schon einmal gesagt hatte, fuhr ich fort und fragte, warum sie Dona Lu weiter besuche und sie quäle, warum sie sich nicht um ihr eigenes Leben kümmere, sich einen Freund suche, nach Europa reise, das wäre für alle besser, sagte ich. Lassen Sie Dona Lu in Ruhe.

Daniela fing an zu weinen.

Aber ich nahm darauf keine Rücksicht.

Ich gehe einen Kaffee trinken, sagte ich, wenn Sie wegwollen, warten Sie, bis die Krankenschwester oder jemand von der Familie kommt.

Während ich einen Espresso trank, dachte ich darüber nach, wie viele Todkranke dort lagen. Viele würden nicht nach Hause zurückkehren. Es war lediglich eine Frage der Zeit. Von dort würden sie direkt auf den Friedhof kommen. Wenn ich wenigstens eine Leiche auftreiben könnte, Over, würde ich mit meinem Plan vorankommen.

Nichts dergleichen werde ich tun, dachte ich. Oh doch, Over. Nichts. Kommt gar nicht infrage. Niemals. Nicht mit Dona Lu. Ich mache so was nicht. Mein ganzes Leben lang hatte ich mich wie aus ganz gewöhnlichem Holz geschnitzt gefühlt, wie einer, der von seinem Vater verlassen worden war, aber das, so dachte ich, war etwas ganz anderes, als schlecht zu sein. Ich bin nicht pervers. Bin kein Vergewaltiger, Alkoholiker. Psychopath. Entführer. Dieb. Ich habe nicht den Mut, bestimmte Dinge zu tun. Entführen. Alles hat seine Grenzen. Vergewaltigen. Was das Gute angeht, dachte ich, bin ich, wenn schon nicht neutral, dann doch wenigstens unauffällig. Was, moralisch gesehen, schon hervorragend ist. Null ist besser als negativ. Minus fünf, minus zehn. Auf der Skala des Bösen. Vor allem in der Welt von heute. Die voller Schlechtigkeit ist. Ich sollte zu jener Gruppe gehören, die, falls es tatsächlich ein Jüngstes Gericht gibt, weder das Paradies noch die Hölle verdient hat. Ein Typ, der keinem wehtut.

Und was war mit Sulamita? Sulamita könnte mir eine Leiche besorgen, Over. Egal, wie oft ich mir selbst sagte, dass ich nicht imstande war, bestimmte Dinge zu tun, mein unsichtbares Funkgerät war nach wie vor in Betrieb und setzte mir böse Ideen in den Kopf. Man meint, die Entfernung zwischen Denken und Handeln sei groß. Man sagt sich selbst, denken ist nicht gleich tun, man sagt: Ich denke bloß grauenhafte Sachen, was nicht heißt, dass ich auch grauenhafte Sachen tun werde. So entstehen Pläne. Man sagt sich, es ist bloß eine Denkübung. Man baldowert alles aus, und im entscheidenden Moment steigt man aus.

Man ersinnt einen teuflischen Plan, der im Wesentlichen darin besteht, sich das Leid von Trauernden zunutze zu machen. Die Details sind makaber: Man ruft Dona Lu an, Over, und sagt, man wisse, wo sich die Leiche ihres Sohnes befindet. Man erzählt eine glaubwürdige Geschichte von einem Angler, der eine Leiche im Wasser des Rio Paraguay gefunden hat. Man sagt zu Dona Lu, wenn Sie Ihren Sohn wiederhaben wollen, werden Sie zahlen müssen. Zweihunderttausend Dollar.

Mit dem Geld würde ich meine Schulden begleichen und mein Leben in Ordnung bringen. Je weiter ich meinen makabren Plan ausfeilte, umso angewiderter fühlte ich mich. Und umso stärker angezogen. Wie konnte ich nur auf eine derart abwegige Idee verfallen?

Als ich am Ende des Tages meinen Wagen vor Moacirs Fahrradwerkstatt parkte, kam Serafina zu mir und wollte mit mir reden. Sie war gerade von einem Besuch bei ihrem Stamm zurückgekehrt und machte sich Sorgen wegen ihres Sohnes. Zumindest stellte ich mir vor, dass es das war, was sie mir erzählte, während ich die Treppe zu meinem Zimmer hochstieg. Vor lauter Nervosität sprach sie nur Guató. Beruhige dich, Serafina, es wird sich alles klären, sagte ich, in der Hoffnung, einen Moment alleine zu sein.

Als ich die Indianerin endlich losgeworden war, sah ich, dass Sulamita auf meinem Bett saß.

Hallo, sagte sie und deutete auf Júniors Rucksack.

Kannst du mir erklären, was das hier ist?

19

Es war Sulamitas freier Tag, und sie hatte beschlossen, zu Hause auf mich zu warten. Sie war gegen drei gekommen und hatte mein Zimmer in Ordnung gebracht. Ich habe deine Schubladen aufgeräumt, sagte sie, habe das Bettlaken gewechselt, das Bad sauber gemacht, und als ich frisch geduscht auf dem Bett lag und fernsah, hörte ich ein Telefon klingeln. Und es war nicht meins. Das Klingeln kam von oben. Ich habe einen Stuhl genommen, die Bodenklappe geöffnet, und in dem Zwischenraum unterm Dach habe ich dann den Rucksack mit dem Telefon und den Papieren des verschwundenen Piloten gefunden.

Die Hitze, die die Asbestschindeln verströmten, raubte mir alle Kraft. Ich zog das Hemd aus und legte mich neben Sulamita.

Beim nächsten Mal schalt das Telefon aus, ehe du es versteckst, Over. Wenn sie die Wahrheit hören wollte, nichts leichter als das, dachte ich, ich musste nur den Mund aufmachen, Over, die Worte sprudelten völlig mühelos und unzensiert heraus. Ich erzählte alles, was geschehen war, vom Fischen im Rio Paraguay, der Explosion am Himmel, dem Absturz der einmotorigen Maschine und wie der Junge direkt vor meinen Augen gestorben war. Ich berichtete von meinem Versuch, ihn zu retten. Weißt du, warum der Sicherheitsgurt gelöst und die Türen des Flugzeugs offen waren, als es gefunden wurde?, fragte ich. Weil ich versucht habe, ihn zu retten. Ich wiederholte diesen Hinweis mit einem gewissen Stolz, Sulamita sollte begreifen, dass ich vor allem versucht hatte, dem Piloten zu helfen, aber sie unterbrach mich andauernd, warum hast du nicht die Polizei gerufen? Warum arbeitest du im Haus seiner Familie? Du lügst, sagte sie. Und dieser Rucksack? Und das Handy hier? Sie machte sich gar nicht erst die Mühe, die Antwort anzuhören, stopp, sagte ich, stopp und hör zu, rühr mich nicht an, sagte sie. Mein Fehler, erklärte ich, mein Fehler besteht darin, dass ich den Sicherheitsgurt gelöst habe, das war mein Fehler, und wenn ich verurteilt werden muss, dann deswegen und dafür, dass ich die Türen des Flugzeugs offen gelassen habe. Und das Handy hier? Und dieser Rucksack? Was hätte er damit anfangen sollen?, fragte ich. Er war tot, sagte ich. Ich dachte, dass das Zeug weder ihm noch seiner Familie fehlen würde. Du bist in dem Flugzeug gewesen, behauptete sie. Du kanntest den Jungen. Ich erzählte alles noch einmal von vorn, erklärte, dass der Pilot vermutlich von der Strömung mitgerissen und von den Piranhas gefressen worden war, das ist meine Theorie, sagte ich.

Draußen spielten die Kinder Seilspringen, und einen Moment lang hörte ich nichts als das Seil, das im Gleichklang mit den Schlägen meines Herzens auf den Asphalt peitschte. Ohne die Folgen abzuwägen, erzählte ich den Rest der Geschichte, dass ich im Inneren des Flugzeugs ein Kilo Schnee gefunden und die Drogen verkauft hatte, dass das der Grund war, weshalb ich den Unfall nicht der Polizei gemeldet hatte. Ich sprach von meiner Vereinbarung mit Ramírez, sagte, dass Moacir mein Partner sei, und erzählte weiter bis zu dem Gespräch, das ich an diesem Morgen mit dem Bolivianer geführt hatte. Je länger ich redete, umso weiter wich Sulamita zurück, niedergeschmettert, als wären meine Worte ein Betäubungsgas; am Ende saß sie auf meinem Bett, den Kopf in die Hände gestützt, starrte zu Boden. Das ist nicht wahr, wiederholte sie.

Ich erzählte ihr auch von meiner Arbeit und den Umständen, wie ich im Hause Beraba gelandet war. Ich faselte irgendetwas von Geiern und faulem Fleisch, im Grunde, sagte ich, habe ich wohl Sehnsucht nach meiner Mutter gehabt, danach, wie sie weinte, vielleicht dient diese Arbeit wirklich nur dazu, dass ich gemeinsam mit Dona Lu leide, so wie ich mit meiner Mutter gelitten habe, vielleicht ist dieser Stellvertreterschmerz eine Art Stellvertreterlust, sagte ich, nicht wortwörtlich, sondern wirrer, ich sprach von meiner Mutter und von meinem Vater, davon, wie sehr die beiden mir fehlten, vermischte alles mit Dona Lu und gelobte zum krönenden Abschluss, nichts werde sich ändern, wir machen weiter nach Plan, im Grunde habe ich nichts Falsches getan, ich bemühe mich, so gut ich kann, sagte ich. Du musst mir vertrauen.

Ich verspürte enormen Frieden, nachdem ich Sulamita meine Sünden gebeichtet hatte, es war, als gehörte diese Last jetzt auch ihr, mir und ihr, uns beiden, genau wie die Hochzeit, die sie mir aufgenötigt hatte, dachte ich. Ich setzte mich aufs Bett und versuchte, sie zu umarmen, aber sie entzog sich. Ich solle gehen, sagte Sulamita, und zwar direkten Wegs zur Polizei.

Wir saßen noch eine Weile schweigend da, und dann fragte sie mich, wie ich so gegen sie hatte handeln können. Das hat überhaupt nichts mit dir zu tun, antwortete ich, aber sie bombardierte mich weiter mit Fragen, was soll jetzt passieren? Was wird aus dir werden? Aus mir?

Wenn du mir hilfst, sagte ich, können wir einen Ausweg finden. Wie?, wollte sie wissen. Glaubst du etwa, du kannst die Polizei austricksen, Júniors Familie täuschen, die Dealer überlisten, alle Welt an der Nase herumführen? Wie willst du fünfzigtausend Dollar für Ramírez auftreiben?

Ich fragte sie, ob es eine Möglichkeit gäbe, das Kokain zurückzubekommen. Was redest du da?, fauchte sie. Meinst du, ich kann in die Wache reingehen, die Drogen nehmen und sagen, Joel, das hier gehört meinem Freund? Mein Gott, du hast auch von nichts eine Ahnung. Du bist verrückt.

Vielleicht, sagte ich, wenn du deinen Freunden bei der Polizei erklärst, Over, ich hatte nicht den Mut, den Satz zu beenden.

In dem Moment warf Sulamita sich schluchzend aufs Bett und sagte, ich hätte nicht das Recht, so mit ihrem Leben umzuspringen, mit ihrer Familie, woher hast du nur die Chuzpe, alles kaputt zu machen? Meine Träume? Ich habe gar nichts kaputtgemacht, sagte ich, alles, was ich getan habe, war für uns beide. Hör auf mit dem Gewäsch, sagte sie, du bist ein Egoist.

All das bekam mir überhaupt nicht, die Hitze, Sulamitas Weinen und draußen der Scherenschleifer, der an seinem Schleifstein arbeitete. Ich überlegte, dass es gar keine schlechte Idee wäre, meine Messer zu schleifen, bloß um von hier wegzukommen.

Genau in dem Moment, als ich das dachte, stand Sulamita auf, nahm ihre Sachen und ging. Knallte die Tür zu, ohne sich zu verabschieden.

20

Ich nahm eine kalte Dusche, wurde davon aber nur noch unruhiger. Die ganze Nacht tat ich kein Auge zu. Es war sehr heiß, und ich wälzte mich im Bett herum und überlegte, was ich machen sollte. Und wenn Sulamita mich anzeigte? Und wenn Ramírez mich umbrächte? Der heißeste Tag des Jahres, hieß es im Radio. Sie meldeten: Sechzehn Menschen bei religiösem Großereignis zu Tode getrampelt. Sie meldeten: Besetzung einer Bastion der Taliban. Sie meldeten: Iran reichert Uran auf fünfundzwanzig Prozent an.

So weit, so gut, sagte ich mir. Ich bin nicht religiös, bin kein Aufständischer, und ich lebe auch nicht im Iran. Und noch kann ich abhauen, zurückgehen nach São Paulo, Over. Meine Arbeit im Telefonmarketing wieder aufnehmen. Neue Produkte verkaufen, die keiner haben will.

Ich verspürte ein merkwürdiges Gefühl, das von tiefer Verzweiflung in trügerische Ruhe umschlug; kaum hatte ich mich endlich etwas entspannt, war ich auch schon wieder nervös, ging hinaus auf die Straße, rauchte eine Zigarette, lief bis zur Ecke, versuchte, dieses beklemmende Gefühl loszuwerden, dachte, das Schlimmste wäre, dass Ramírez mich umbrachte, ich verhaftet würde oder nach São Paulo zurückkehrte. In die Anti-Stadt. Die Gegen-Stadt hatte mich in ein Gegen-Ich verwandelt. Das imstande war, Angestellte zu ohrfeigen. Trotzdem, es war eine Möglichkeit. Abgesehen davon gab es, selbst wenn sie hinter mir her wären und mich festnähmen, auch für das Pech eine Grenze. Sie, das heißt Ramírez und die Polizei, konnten mich nicht zweimal festnehmen und mich auch nicht zweimal töten, sagte ich mir, das wäre dann auch schon alles, entweder Gefängnis oder Tod, so als wären Gefängnis und Tod lediglich Wörter ohne Bedeutung. So beschwichtigte ich mich selbst. Und dann plötzlich war es, als erwachte ich aus einem Zustand der Verwirrtheit und begriff genau, was es bedeutete, verhaftet zu werden und zu sterben. Oder nach São Paulo zurückzugehen.

Am Samstagmorgen fuhr ich mit Serafina zum Supermarkt, kaufte rohen Schinken, Brot, Kekse und Zigaretten, und anschließend machten wir uns auf den Weg ins Gefängnis, um Moacir zu besuchen.

Er war noch niedergeschlagener als bei meinem ersten Besuch und sehr besorgt wegen der Kinder. Seine Mutter musste ihm versprechen, dass sie auf die Kinder aufpassen würde. Lass nicht zu, dass Eliana sie schlägt, sagte er, Eliana ist sehr nervös. Serafina wollte verstehen, was los war, und stellte viele Fragen. Mutter, antwortete er, es hilft nichts, wenn ich es dir erkläre, bitte kümmere dich einfach um die Kinder, mehr nicht.

Am Ende bat er seine Mutter, uns einen Moment alleine zu lassen, und erzählte mir, dass es Eliana gewesen war, die ihn verraten hatte. Woher weißt du das?, fragte ich. Sie selbst hat es mir gesagt, sie war gestern hier. Weiß Eliana über mich Bescheid?, fragte ich. Nein, erwiderte er, natürlich nicht. Sie hat die verpackten Drogen bei mir in der Werkstatt gesehen, und als wir uns gestritten haben und die Polizei kam, hat sie mich verpfiffen. So war es.

Und dann wurden seine Augen rot; er bemühte sich, nicht zu weinen, während er mir erzählte, wie Eliana ihm wortreich bestätigt hatte, dass sie ihn verraten hatte, weil sie ihn hasste, sie hat gesagt, ich widere sie an, fuhr er fort, ich sähe aus wie ein dreckiges Schwein zwischen den ganzen Fahrrädern. Ist Schmieröl vielleicht etwas Schmutziges?

Ich wusste nicht, was ich darauf antworten sollte, vielleicht hat sie es nicht so gemeint, sagte ich auf gut Glück. Es ist Schmieröl, wiederholte er. Ich versuchte, ihn zu beruhigen, sagte, ich würde mit Sulamita reden, sehen, wie ich einen Anwalt besorgen könnte, aber er antwortete, das sei nicht nötig, er habe bereits alles geregelt. Wie?, fragte ich. Ein Freund von mir, du kennst ihn nicht. Ich bestand darauf, dass er mich in die Sache nicht mit hineinzog. Bist du verrückt geworden?, fragte er. Wer soll sich dann um meine Kinder kümmern? Um meine Mutter? Ich zähle auf dich, sagte er.

Seine Antwort brachte mich in die Klemme. Mich um Moacirs Familie zu kümmern gehörte nicht unbedingt zu meinen Plänen, und so wie die Dinge lagen, wäre der Preis für meine Freiheit eine Art Heirat mit Eliana. Die Verantwortung für ihre Kinder.

Lass es ihnen an nichts fehlen, bat er.

Natürlich nicht, bekräftigte ich. Niemals.

Ich ging, zusammen mit der verwirrten Serafina, die mir noch mehr Fragen stellte.

Zu Hause angekommen, begegneten wir Eliana, die gerade mit den kleinen Indiokindern vom Markt zurückkam, jedes mit einem Stück Gebäck in der Hand. Ich fragte, ob sie irgendetwas brauchten; sie sagte, das Einzige, was sie sich wünsche, sei, Serafina loszuwerden. Ich kann die Alte nicht länger bei mir im Haus behalten, erklärte sie.

Ich nahm Serafina zum Mittagessen mit zu einem Laden in der Nähe, aber keiner von uns rührte seinen Teller an.

Später rief ich bei Sulamita an. Was ist los?, fragte mein Schwiegervater am anderen Ende der Leitung. Sie ist so komisch, sagte er. Wortkarg. Komm vorbei und wir reden, fuhr der Alte fort, wer weiß, vielleicht kann ich euch helfen? Ich bin ein guter Ratgeber. Und dein Freund. Übrigens wollte ich dich um einen Gefallen bitten, setzte er hinzu. Zwischen Vater und Sohn. Ein Vorschuss, sagte er, als ob ich sein Arbeitgeber wäre. Es hat sich da nämlich eine Gelegenheit ergeben, den Käfer von meinem Nachbarn zu kaufen, erklärte er. Ist heute nicht drin, Schwiegervater. Und sag Sulamita, dass ich angerufen habe. Over.

Den Rest des Tages verbrachte ich in meinem Zimmer, mit Serafina an meiner Seite, die still Strohzöpfe vor sich hin flocht, und in manchen Momenten hatte ihre Gegenwart sogar etwas Tröstliches. Wenn ich ab und an die Augen schloss, nahm mein Plan allmählich Formen an, Over, wie eine Riesenwelle, die von einem Riss in meinen tektonischen Platten in der tiefsten und schwärzesten Tiefe meines Ozeans ihren Ausgang nahm und an Stärke und Raum gewinnend heranrollte. Das Argument weiterzumachen war ebenfalls stark: Wenn ich reich gewesen wäre, als mein Vater verschwand, und wenn damals jemand angerufen und mir ein Tauschgeschäft vorgeschlagen hätte, mein Geld gegen den Leichnam meines Vaters, ich hätte nicht eine Sekunde lang gezögert. Ich hätte gezahlt. Mein Plan als solcher würde Dona Lu überhaupt nicht schaden. Geld hatte sie im Überfluss. In gewisser Hinsicht würde ich der Familie sogar einen Gefallen tun, da die Toten eben erst mit dem Begräbnis endgültig sterben und uns in Frieden lassen. Das Problem, Over, war die Leiche. Woher eine Leiche bekommen?

Der Sonntag war schlimmer als der Samstag. Sulamita ging nicht ans Telefon. Wegen der Hitze fühlte ich mich abgestumpft, teilnahmslos und schwerfällig.

Serafina kam mit kalter Fischbrühe zu mir. Während ich sie im Bett trank, brachte mir die Indiofrau zum ersten Mal einen Ausdruck auf Guató bei, *infâni,* der so viel bedeutete wie: Es ist schlimm, erklärte sie.

Ich stand erst gegen drei Uhr auf, als Dalva anrief und fragte, ob ich Seu José vom Flughafen abholen könnte.

Unterwegs erzählte mir der Fazendeiro von den großen Sorgen, die er sich wegen Dona Lus Gesundheit machte. Tief im Inneren, sagte er, weiß ich, dass Júnior tot ist, aber sie wird es erst glauben, wenn sie die Leiche unseres Sohnes sieht. Das Wort Leiche machte mir Mut. Du musst schnell handeln, Over.

Als ich nach Hause kam, waren die kleinen Indios bei mir im Zimmer und spielten Verstecken. Ich schickte sie hinaus und legte mich hin, in meinem Kopf brodelte es vor Ideen.

Dann, um sieben Uhr, hörte ich Lärm auf der Treppe.

Ich rannte hin, um die Tür aufzumachen, und sah Sulamita auf mich zukommen.

Als ich sie in die Arme schloss, merkte ich an dem sauren Geruch in ihren Kleidern und ihrem Haar, dass sie aus dem Leichenschauhaus kam.

Sie nahm mich bei der Hand und sagte, sie müsse mir etwas zeigen. Etwas sehr Wichtiges.

Infâni, dachte ich, während wir zu meinem Wagen gingen.

21

Sulamita zog das Laken weg und entblößte Moacirs nackten Leichnam auf der Bahre des Obduktionssaals.

In jäher Panik wich ich einen Schritt zurück, ohne die Augen von dem grob genähten Schnitt abwenden zu können, der am Schambein begann und auf Höhe der Brust endete. Das war es, wovor ich mich fürchtete, Over. Auch die Beine waren aufgeschnitten und genäht worden. Das ist eine übliche Vorgehensweise bei der Autopsie von Menschen, die gewaltsam ums Leben gekommen sind, erklärte Sulamita.

Ich konnte mich vor Übelkeit kaum auf den Beinen halten. Das ist das Ende, dachte ich und stützte mich an der Wand ab.

Eliana weiß es noch nicht, sagte Sulamita. Und während sie mir erzählte, dass Moacir in seiner Zelle erhängt an einem an den Querstreben des Belüftungsfensters befestigten Laken aufgefunden worden war, schoss mir nur ein Gedanke durch den Kopf: Ich würde der Nächste sein.

Es ist heute Vormittag passiert, fuhr Sulamita fort, als die Gefangenen draußen waren.

Sie werden mich umbringen, sagte ich. Das ist eine Botschaft, sie ist für mich bestimmt.

Was glaubst du, woran ich gedacht habe, als ich Moacir auf der Bahre hier liegen sah?, erwiderte sie. An dich und an alles, was du mir gestern erzählt hast. Ich sollte bei der Obduktion eigentlich gar nicht dabei sein. Mein Bereitschaftsdienst war praktisch beendet. Ich habe Rosana, die Rechtsmedizinerin, gebeten, dass sie mich bei ihrer Arbeit zuschauen lässt. Mehr noch, sagte sie, ich habe Joel angerufen und ihn gebeten, Moacirs Ermittlungsakte lesen zu dürfen.

Ich fragte Sulamita, ob man einen Selbstmord nicht auch vortäuschen könne. Vielleicht, sagte ich, vielleicht hat jemand das Laken an dem Gitter befestigt und Moacir dazu gezwungen, sich aufzuhängen.

Weißt du, was wir machen, wenn eine Leiche hier ankommt?, fragte Sulamita. Wir setzen uns neben sie und unterhalten uns mit ihr. Ein Toter erzählt alles. Wir stellen ihn auf den Kopf, schneiden ihn von oben nach unten auf, weiden die Eingeweide aus, sezieren ihn, holen sein Gehirn heraus. Schau nur, sagte sie und deutete auf eine tiefe, unregelmäßige Furche in Moacirs Hals. Dieses Mal hier ist ein Zeichen dafür, dass er sich erhängt hat. Wenn es sich um ein Verbrechen handeln würde, verliefe die Furche rings um den ganzen Hals und befände sich nicht nur im vorderen Teil. Und es gäbe dann auch Kampfspuren. Sieh hier, sagte sie und zeigte auf den Schulterbereich, er hat weder Abschürfungen noch Prellungen.

Ich brauche Schutz, sagte ich. Egal, was du bei der Autopsie gesehen hast, sie haben Moacir umgebracht, diese Bolivianer haben mir gesagt, dass sie ihn umbringen würden.

Ich berichtete in allen Einzelheiten von meinem Gespräch mit Ramírez, sagte, dass ich der Nächste sein würde, dass man mich, wenn ich meine Schulden nicht bezahlte, irgendwo im Fluss treibend oder aufgeknüpft wie Moacir auffinden würde. Ich brauche Polizeischutz, wiederholte ich mehrmals, ich flehte Sulamita an, mir zu glauben, und je öfter sie mich bat, Ruhe zu bewahren, umso nervöser wurde ich, du bist wie diese Fahnder in den schlechten Krimis, die die Ermittlungen behindern und in Kauf nehmen, dass unschuldige Menschen sterben.

Wer ist hier unschuldig?, fragte sie, und die Art und Weise, wie sie fragte, gefiel mir nicht.

Ich zitterte unkontrolliert. Du kapierst wohl nicht, sagte ich. Ich brauche Schutz.

Du bist derjenige, der nicht kapiert, unterbrach sie mich. Red doch keinen Blödsinn. Es war Selbstmord, und das behaupten nicht die Polizei und nicht die Bolivianer. Ich behaupte es. Ich höchstpersönlich. Und was soll dieses dumme Gerede von wegen Schutz? Willst du jetzt vielleicht zur Polizei gehen und gestehen, dass du der Besitzer des Kokains bist, das bei Moacir sichergestellt wurde? Ist das dein Plan? Wenn ja, dann nur zu. Denn diese Leute werden bloß bereit sein, dir Schutz zu gewähren – und zwar einen Schutz, der praktisch nichts wert ist, wenn jemand dich tatsächlich umbringen will –, wenn du hingehst und tust, was Moacir zu keinem Zeitpunkt getan hat. Das Maul aufmachen. Moacir war sehr diskret. Er hat dich geschützt.

Die Vorstellung, mich zu stellen, erschien mir gar nicht mal so verkehrt. Aber wenn sie Moacir drinnen im Gefängnis getötet hatten, warum sollten sie dann nicht auch mich töten?

Sulamita brachte mich hinaus, geh zum Auto, sagte sie. Minuten später kam sie mit einer Coca-Cola wieder. Du musst eines verstehen, bat sie mich. Ich habe es wirklich nachgeprüft. Nach der Obduktion bin ich ins Gefängnis gefahren. Ich habe mit Joel gesprochen. Mit Alfredão, dem Gefängnisaufseher, der Moacir vormittags gefunden hat. Alfredão hat mir erzählt, als er in die Zelle gekommen sei, habe Moacir noch eine Erektion gehabt, er hatte gerade ejakuliert. Es war wirklich Selbstmord, sagte sie. Alles spricht dafür.

Wir blieben eine Weile dort stehen, ich trank zitternd meine Coca-Cola und überlegte, ob es wohl eine Möglichkeit gäbe, wie ich mich retten könnte.

Der einzige Ausweg war mein Plan. Projekt Leiche, Over.

22

Der Tag war verregnet, aber es trudelten trotzdem ununterbrochen Leute ein. Manche warfen nur einen Blick auf den Toten und gingen wieder. Andere wollten Genaueres über den Selbstmord erfahren. Sie kamen nicht etwa, weil sie den Inhaber der Fahrradwerkstatt gekannt oder gemocht hatten, sondern weil es in der Gegend nicht oft passierte, dass sich jemand das Leben nahm. Hier, dachte ich, derweil ich die Schaulustigen bei ihrem kurzweiligen Vergnügen beobachtete, bringen die Menschen sich nicht um, sie sterben einfach. Durch eine Kugel in die Brust. Werden überfahren. Oder verfaulen schlicht und ergreifend. Wenn ich mir das Leben nehmen wollte, sagte eine alte Frau, dann niemals mit einem Strick. Sogar Hunde bringen sich um, erklärte eine andere.

Der Sarg wurde zwischen Herd und Sofa platziert. Serafina hatte die Nacht über Totenwache gehalten und döste nun auf die Leiche gestützt.

Eliana saß tuschelnd neben Alceu. Wie eine glückliche Biene summte sie dem Schlachter ins Ohr, achtete auf niemanden als auf Alceu, würdigte den Leichnam ihres Mannes nicht eines Blickes.

Hör auf, sie so anzustarren, sagte Sulamita, das geht dich überhaupt nichts an.

Sie kann sich doch nicht so benehmen, erklärte ich. Nicht vor allen Leuten.

Du gehörst nicht zur Familie.

Aber ich bezahle die Beerdigung, beharrte ich, den Sarg, die Blumen, die Grabstelle. Sie könnte dem Verstorbenen wenigstens Respekt erweisen.

Ich hatte wohl zu laut gesprochen, denn Eliana und Alceu blickten jetzt zu mir herüber. Lass uns einen Kaffee trinken gehen, sagte Sulamita.

Ich hatte schon die ganze Nacht über Kaffee getrunken. War vollgepumpt mit Kaffee, nervös, sauer. Und hatte Kopfschmerzen.

Wir gingen hinaus, und der feine Sprühregen erfrischte mich merklich.

Siehst du die Typen da?, fragte ich. Beim Laternenpfahl.

Was ist mit ihnen?

Ich habe sie noch nie hier im Viertel gesehen.

Du machst mich ganz nervös, erwiderte Sulamita.

Ich ließ sie weiterreden und ging wieder in Moacirs Haus, weckte Serafina und lotste sie zum Fenster. Die Leute kenne ich, sagte sie, sie wohnen hier im Viertel.

Als ich zurück vor die Tür ging, erklärte Sulamita, ich solle mich beruhigen.

Warum glaubst du mir nicht?, fragte ich.

Mein Gott, er hat sich umgebracht, sagte sie. Wie oft soll ich denn noch wiederholen, dass er nicht ermordet worden ist, sondern sich umgebracht hat. Moacir saß in der Klemme und hat sich das Leben genommen, so und nicht anders ist es gewesen.

Aber ich bin in Gefahr, beharrte ich. Sie wollen mich töten. Und wenn ich sterbe, wenn ich plötzlich tot bin, dann sag nicht, dass ich dich nicht gewarnt habe.

Um zehn Uhr fuhren wir los, hinter dem schwarzen Leichenwagen her, der Moacirs Sarg transportierte. Genau in dem Moment ging ein sintflutartiger Regen über der Stadt nieder.

Auf dem Friedhof hatten nur Eliana, Alceu und die Kinder einen Regenschirm. Die anderen, es waren tatsächlich nur wenige, sahen im Regen zu, wie der Totengräber den Leichnam in ein Schlammloch hinunterließ.

Nach der Beerdigung sah ich, wie Eliana mit den Kindern an Alceus Seite davoneilte. Serafina folgte ihr, doch dann plötzlich hörte ich, wie Eliana sie barsch anfuhr.

Ich ging hin und fragte, ob es irgendein Problem gebe.

Sie passt nicht mit ins Auto, sagte Eliana. Drehte sich um und ging von dannen, die Witwe. Die lustige Witwe in Person.

Ehe ich vor der Fahrradwerkstatt parkte, bat ich Serafina, sich umzuschauen, sieh genau nach, sagte ich, ob irgendwo ein Fremder ist, Over. Hinter dem Wagen. Schau dort nach. Auf der anderen Straßenseite, sagte ich. An der Ecke. Es wäre nicht verkehrt, mir eine Waffe zu besorgen, überlegte ich, als ich hektisch aus dem Pick-up stieg.

Ich rief Dalva an und sagte Bescheid, dass ich nicht zurück zur Arbeit kommen würde, und verbrachte den Rest des Tages im Bett. Vieles in meinem Kopf war noch konfus. Vielleicht sollte ich bei den Berabas kündigen. Um später, zum entscheidenden Zeitpunkt, keinen Verdacht zu erregen. Das Problem ist, dass die Dinge von außen betrachtet, Over, anders aussehen. Man übersieht die Feinheiten, das Schlüsselloch. Außerdem könnte ein plötzliches Ausscheiden Verdacht erregen. Vielleicht würde später ein Fahnder aus dem Pantanal, ein gestiefelter Joel mit Hut, sagen, merkwürdig, dass der Chauffeur der Berabas ausgerechnet in dem Moment gekündigt hat. Aber natürlich könnte auch das Gegenteil passieren, und ich könnte mich verdächtig machen, weil ich nicht gegangen, sondern geblieben war. Weil ich der Freund von Sulamita war. Ausgerechnet von Sulamita, die das Leichenschauhaus leitet. Deshalb, so sagte ich mir, muss ich mit Kalkül vorgehen, ehe ich handle. Pro und Kontra gegeneinander abwägen. Aber es gibt etwas, das sich in Wahrheit nicht messen lässt.

Bei jedem Flugzeugunglück muss ich an die Menschen denken,

die zu früh zum Flughafen kommen und die Möglichkeit haben, ihre Reise vorzuverlegen. Sie würden wohl kaum einen sicheren Flug gegen den eintauschen, mit dem einhundertachtundneunzig Passagiere in den Ozean stürzen. Das schlimmste Flugzeugunglück aller Zeiten, werden die Fachleute verkünden. Aber die Dinge können auch genau andersherum laufen, und man stirbt gerade deshalb, weil man seinen Flug nicht vorverlegt hat. Weil das mit einem X gekennzeichnete Flugzeug dieses und nicht jenes war. Und es gibt noch schlimmere Varianten. Vielleicht ist es unsere Anwesenheit, die den Flugzeugabsturz bewirkt. Vielleicht ist unser Schicksal in unseren genetischen Code eingeschrieben. Vielleicht will Gott tatsächlich nur mit einem abrechnen, und alle anderen sterben nur als Statisten, egal, welchen Flug man nimmt.

Genau das will ich sagen. Es gibt die Logik, die Intelligenz, die Strategie, die Pläne, aber es gibt auch das Rätsel des Lebens. Wir gelangen immer nur bis an einen bestimmten Punkt. Von da an regiert das Glück. Das war es, worüber ich unter der Dusche nachdachte, als es an der Tür klopfte.

Ich wickelte mir das Handtuch um, verließ das Badezimmer und verharrte einige Sekunden lang still bei ausgeschaltetem Licht. Ich bin es, sagte Sulamita. Mach auf.

Auf dem Rückweg vom Friedhof hatte ich sie zwei Stunden zuvor zu Hause abgesetzt und gespürt, dass etwas in der Luft lag, etwas Ungesagtes, so als fände Sulamita es befremdlich, dass ich sie nicht gefragt hatte, ob sie mit zu mir kommen wollte. Seit dem Tag, an dem sie das Telefon und den Rucksack des Piloten hinter meiner Bodenklappe entdeckt hatte, seit unserem Streit, hatten wir nicht mehr über die Sache gesprochen. Wir waren nicht getrennt, aber auch nicht zusammen. Wir hatten uns nicht verkracht, waren aber alles andere als miteinander in Frieden. Als ich sie zu Hause absetzte, hätte ich leicht sagen können, lass uns die Sache klären, aber ich glaubte, dass sie weitere Erklärungen verlangen würde, und ich fühlte mich außerstande, sie wem auch immer zu geben.

Ich schob den Türriegel zurück, und Sulamita kam herein. Wir umarmten uns lange schweigend. Ihr Haar duftete angenehm. Sie war hübsch in dem weiten, luftigen hellblauen Kleid, das an ihr heruntenglitt, als ich die Schleifen löste, die es auf den Schultern zusammenhielten.

Es war nichts Weltbewegendes. Ein bisschen Leidenschaft in der Hitze, mehr nicht, und danach Stille und mein Herz, das schneller schlug. Und dann noch eine diffuse Traurigkeit, ein unbändiges Verlangen, von dort wegzukommen.

Später im Bett merkte ich, während ich rauchte, dass die Probleme mir schon wieder das Hirn verstopften. Und dann sagte ich zu Sulamita: Du glaubst es vielleicht nicht, aber Moacir ist umgebracht worden. Und ich will nicht sterben. Ich werde nicht sterben.

Ich sagte noch, dass ich einen Plan im Kopf hätte. Einen ausgezeichneten Plan, der mein Leben in Ordnung bringen würde. Unser Leben, fügte ich hinzu. Du kannst mir helfen, sagte ich. Wir können es zusammen machen und unseren Weg gemeinsam fortsetzen. Für unsere Familie sorgen, wie wir es uns erträumt hatten. Für Regina und deine Eltern. Für Serafina. Aber du kannst auch aussteigen. Dich anziehen und gehen. Und nie mehr wiederkommen. Wenn du allerdings bleibst, sagte ich, dann wirst du mir helfen müssen. Denn ich mache weiter. Egal, ob alleine oder mit dir, ich werde meinen Plan ausführen.

Das war es, was ich ihr mitteilte.

Daraufhin sagte sie: Das verdammte Telefonklingeln in dem Versteck hat mein Leben auf den Kopf gestellt. Du kennst mich, ich bin stets ein sehr disziplinierter Mensch gewesen. Ich liebe die

Ordnung, plane alles im Voraus und befolge dabei bestimmte Regeln. Denn wenn es Regeln, wenn es Gesetze gibt, dann, so nehme ich an, damit wir besser leben. Ordnung ist meiner Ansicht nach alles. Ich bin nicht zufällig zur Polizei gegangen. Sicher, bei der Wahl hat viel Naivität und Idealismus ein Rolle gespielt, wir befinden uns schließlich nicht in Schweden, die Polizei hier ist korrupt, ich weiß, aber davon in der Zeitung zu lesen ist das eine, als rechtschaffener Mensch bei einer öffentlichen Behörde zu arbeiten, steht auf einem ganz anderen Blatt. Man weiß, es gibt Korruption, aber man sieht sie nicht. Die Korruption kommt nicht von unten, sie hat nichts zu tun mit Beamten wie mir. Man weiß, es ist alles faul, aber man lebt ein rechtschaffenes Leben, zusammen mit rechtschaffenen Leuten, die ihre Arbeit erledigen. Und auf einmal finde ich mich inmitten dieser schier ausweglosen Lage wieder. Plötzlich gibt es da einen verschwundenen Piloten, Kokain, einen Haufen Dollarschulden, und ich stecke mittendrin in dem Durcheinander. Und ich liebe dich. Nachdem ich von dir weggegangen bin an dem Tag, an dem ich das alles entdeckt habe, war ich praktisch achtundvierzig Stunden lang außer Gefecht gesetzt und habe nichts mehr verstanden. Mein einziger Gedanke war, ich liebe diesen Kerl. Bis zu dem Tag warst du für mich der Mann meines Lebens, und dann entdecke ich, dass du so eine Art Dealer bist. Ich habe mich gefragt, was ein vernünftiger Mensch in meiner Lage tun sollte, und es gab nicht viele Antworten. Um dir zu helfen, hätte ich dich anzeigen müssen. An dem Tag, als Moacir starb, habe ich begriffen, und zwar noch ehe ich wusste, dass es Selbstmord war, dass ich schnell handeln musste. Heute ist es Moacir, dachte ich, und morgen kann es mein Freund sein. Da beschloss ich, Joel um Hilfe zu bitten. Weißt du noch, Joel? Tranqueira, das Bollwerk? Ich rief ihn an und sagte zu ihm, Tranqueira, ich muss dich unbedingt sprechen. Ich wollte verstehen, was los war, die Ermittlungsakte gegen Moacir lesen, mit Joel darüber diskutieren, ihm alles erzählen und je nach Ausmaß der Schwierigkeiten zu dir kommen und dich überreden, dich zu stellen. Joel ist ein sehr guter Ratgeber, und ich dachte, dass ich ihm vertrauen kann. Aber Joel war zu dem Zeitpunkt in einer Besprechung und bat mich, später auf die Wache zu kommen. Und dann passierte das, was nicht hätte passieren sollen. Und was wohl mit Gott zu tun hat, nehme ich an. Und mit dem Telefon. Es ist seltsam, was für Tragödien das Telefon heutzutage im Leben der Menschen anrichtet. Ein Teil unseres Lebens spielt sich am Telefon ab, und durch das Telefon verraten sich die Menschen auch. Joel hatte nicht richtig aufgelegt, und ich blieb in der Leitung. Zuerst dachte ich, er könne mich hören. Aber irgendwann begann ich, das Gespräch zu belauschen. Außer Joel war noch jemand anderes dort, ich glaube, es war Dudu, aber ich bin mir nicht sicher. Die beiden bearbeiteten einen Dritten, den Inhaber einer Schrotthandlung. Wie ich verstand, verkaufte der Typ Drogen und war auf frischer Tat ertappt worden, und die beiden wollten kassieren und die Angelegenheit an Ort und Stelle erledigen.

Zu wissen, dass der Präsident korrupt ist, der Gouverneur, der Staatssekretär, ist eine Sache. Aber der Typ, mit dem du seit sieben Jahren zusammenarbeitest? Seite an Seite. Der mit dir zu Mittag, zu Abend isst. Der in deinem Haus verkehrt. Joel? Der mir alles beigebracht hat? Ich hätte meine Hand für Joel ins Feuer gelegt. Wenn Joel, Tranqueira, das Bollwerk, der mich Süße nennt, korrupt ist, wenn die Dinge so liegen, dann hält vermutlich jeder dort auf der Wache die Hand auf. Heutzutage gibt es keinen Dieb mehr ohne Partner, Korruption ist ein Geschäft, für das man ein Netzwerk braucht. Weshalb soll ich mir also Sorgen machen, weil mein Freund ein Kilo Schnee von einem Toten geklaut hat? Klar, du hättest dich nicht auf die Sache mit Ramírez einlassen dürfen, aber Tatsache ist, dass du niemanden umgebracht hast. Du hast niemandem geschadet. Du bist kein Mörder. Kein Vergewaltiger. Das ist, was zählt. Wenn du jemanden umgebracht hättest, läge der Fall anders, für einen Mörder gibt es keine Gnade. Aber du bist kein Perversling. Nicht, dass ich gutheißen würde, was du getan hast. Aber eine Waffe zu nehmen und jemanden umzubringen ist etwas anderes als das, was du getan hast. Du bist kein Mörder. Deshalb bin ich hier. Natürlich könnte ich auf dich warten, wenn du verhaftet würdest. Aber verdammt noch mal, ich habe schon so lange gewartet. Ich möchte weder unser Leben noch unsere Pläne aufgeben. Und unsere Familie braucht uns.

Und jetzt, sagte sie und nahm meine Hand, erzähl mir von deinem Plan.

23

Mein Plan ist eine Geschichte vom Fischen. Stell dir einen einsamen Angler in seinem Boot an einem friedlichen, sonnigen Tag vor. Du weißt ja, in diesen Flüssen im Pantanal gibt es alles nur Erdenkliche. Wahrhaft furchtbare Dinge. Riesenotter und Eidechsen, die so groß sind wie Kaimane. Und Kaimane mit Sägeschwänzen, die an Drachen erinnern. Und Piranhas, winzige Haifische mit ausladenden Unterkiefern und Zähnen so scharf wie Schweizer Taschenmesser. Und sechs Meter lange Anakondas, die einen ganzen Ochsen verschlingen können. Schreckliche Tiere. Giftige Biester. Aber das schlimmste von allen, das bedrohlichste und gefährlichste, das unbarmherzigste und jagdlustigste ist unser einsamer Angler. Der den sonnigen Tag genießt. Ein richtig übler Typ. Er sitzt da, kaut auf seiner strohigen Zigarette herum und sinniert über das Leben, derweil er darauf wartet, dass ein Fisch anbeißt. Und auf einmal erblickt er etwas, das sich in den Zweigen verheddert hat. Was mag das sein? Er fährt näher ans rechte Flussufer heran und sieht dort eine Leiche treiben. Das, was de facto von unserem toten Piloten noch übrig ist.

All das, fuhr ich fort, geschah vor drei Monaten, als von nichts anderem die Rede war als von dem verschwundenen Piloten aus Corumbá. Der Angler begreift sofort, um wen es sich handelt. Er hat die Reportagen im Fernsehen gesehen, weiß, dass der Unfall dort in der Nähe passiert ist. Und er steckt in Schwierigkeiten. Ist arbeitslos, hat kein Geld. Er kennt die Berabas. Wer kennt sie nicht? Reiche Leute aus der Stadt. Und dann, während die Sonne ihm das Hirn versengt, heckt er einen außergewöhnlichen Plan aus.

Nackt auf meinem Bett, die Arme hinter dem Kopf verschränkt, starrte Sulamita mich unverwandt an und lauschte.

Das Gefängnis ist voller Leute mit außergewöhnlichen Plänen, sagte sie.

Stell dir vor, fuhr ich fort, dass der Angler die Leiche birgt und sie, ohne jemandem etwas davon zu sagen, irgendwo vergräbt. Jetzt kommt ein Zeitsprung, wie im Film. Drei Monate später hat die Polizei die Suche bereits eingestellt, und die Lage hat sich beruhigt. Was tut der Angler? Er ruft die Familie Beraba an und sagt: Ich habe die Leiche Ihres Sohnes. Wenn Sie ihn beerdigen wollen, müssen Sie mir allerdings zweihunderttausend Dollar zahlen. Und legt auf.

Und? Werden sie zahlen?, fragte Sulamita.

Ich garantiere dir, sie werden jede Summe zahlen. Hast du noch nie gehört: Der Mensch wird erst dann zum Menschen, wenn er seine Toten beerdigt? Das ist nur allzu wahr. Keine Kultur ohne Bestattungsrituale. Ohne Beerdigungen. Ohne sie verkommen wir wieder zu Höhlenmenschen. Ohne sie erweist man dem Verstorbenen, seinem Andenken, keine Ehre, keine

Anerkennung, man hat kein Grabmal, das man besuchen kann. Wir werden gewissermaßen zu Zombies, wenn wir unsere Toten einfach auf der Erde liegen und verwesen lassen. Für den Einzelnen ist es noch tragischer. Ich erinnere mich an einen Allerseelentag, als ich meine Mutter weinend in der Küche vorfand und sie zu mir sagte: Wenn es doch wenigstens ein Grab gäbe, das wir besuchen könnten. Meine Mutter litt nicht, weil mein Vater gestorben war. Sie litt, weil sie seinen Tod nicht schwarz auf weiß hatte.

Und werden sie nicht die Polizei einschalten?

Nein. Dona Lu wird alles tun, um die Leiche zu bekommen.

Du bist ja sehr optimistisch.

Die Toten bringen die Lebenden um, antwortete ich, hast du das noch nie gehört?

Und du hast viele Sprüche auf Lager.

Weißt du, was er bedeutet? Solange wir unsere Toten nicht beerdigen, leben sie weiter und bringen uns um. Das bedeutet dieser Satz. Sie bringen uns um, indem sie uns ins Gewissen hämmern, wir hätten unseren Part nicht erfüllt. Wir lassen nicht zu, dass sie wieder zu Staub werden. Es sind nicht nur wir, die Lebenden, die die Toten beerdigen wollen. Auch die Toten wollen sich von unserer Welt frei machen.

Ich erklärte ihr noch, dass ich Dona Lu sehr gernhatte, wirklich gern. Glaub mir, sagte ich, wir tun ihr oder ihrer Familie überhaupt nichts Böses, wir werden ihr nur die Gelegenheit geben, ihren Sohn zu begraben. Und du kannst darauf wetten, zweihunderttausend Dollar bedeuten für diese Leute gar nichts. Das ist vermutlich der Wert einer einzigen Milchkuh, und sie haben Tausende davon. Wir schlagen gleich drei Fliegen mit einer Klappe: Sie bekommt den Leichnam ihres Sohnes, ich meine fünfzigtausend Dollar, und du verwirklichst deinen Traum, verlässt das Leichenschauhaus und bekommst deine Fazenda. Ganz für dich allein.

Unseren Traum, sagte sie.

Natürlich. Unser Projekt. Von dem Lösegeld bezahle ich Ramírez, und wir kaufen uns eine Fazenda.

Wirst du bluffen oder den Berabas die Leiche liefern?

Das ist dein Part. Wir müssen eine Leiche auftreiben.

Hm. Ich verstehe.

Ich würde Dona Lu sehr gerne helfen, ihren Traum zu verwirklichen. Ihren Sohn zu beerdigen. Glaub mir, sie träumt von diesem Tag. Dona Lu ist ein sehr guter Mensch. Du wirst sie mögen.

Wir schwiegen eine Weile, und dann fragte ich Sulamita, ob sie einen Toten aus dem Leichenschauhaus besorgen könne.

Es gibt eine Ein- und Ausgangskontrolle für die Toten. Einfach ist es nicht.

Ohne Leiche ist unser Plan nichts wert.

Du musst mir eins versprechen, sagte sie. Egal was passiert, wir werden niemanden umbringen.

Wir sind doch keine Mörder.

Ich brauche Zeit zum Nachdenken.

Es muss sich doch irgendwie einrichten lassen.

Aber wir sind keine Mörder.

Natürlich nicht.

Und wenn wir eine Leiche auftreiben, dann ist es nur eine Leiche, sagte Sulamita.

Wie meinst du das?

Es reicht nicht, dass Cäsars Frau ehrlich ist. Sie muss auch ehrlich aussehen.

Wovon redest du? Wer ist Cäsar?

Wir brauchen nicht bloß eine Leiche, irgendeine Leiche. Sie müssen glauben, dass es Júniors Leiche ist. Sie werden eine Garantie verlangen, dass es die Leiche ihres Sohnes ist, die wir haben.

Auch dafür wirst du eine Lösung finden müssen.

Ich fragte, ob nicht die Gefahr bestünde, dass Júniors Leiche irgendwo auftauchen und angeschwemmt werden könnte. Die echte Leiche.

Nach drei Monaten? Bei dieser Hitze?, fragte sie. Das ist sehr unwahrscheinlich. Meiner Ansicht nach hatte er ein Loch im Bauch. Wenn jemand ertrinkt und ein Loch im Bauch hat, sinkt die Leiche und taucht nicht wieder an der Oberfläche auf.

Ich küsste Sulamita.

Ich wusste, dass du mir helfen würdest, sagte ich.

Weder sie noch ich schliefen in dieser Nacht. Stündlich fiel irgendeinem von uns eine neue Frage, ein neues Detail ein. So verbrachten wir die Nacht. Im Dunkeln, mit lauter Ideen.

24

Um acht Uhr morgens parkte ich den Wagen. Es ist besser, wenn du alleine gehst, sagte Sulamita. Ich warte hier. Lass den Schlüssel hier, ich lasse den Motor laufen wegen der Klimaanlage. Und mach schnell, sagte sie, und pass auf, dass du nicht auffällst. Keine Unterhaltungen, sprich nur das Nötigste.

Ist gut, antwortete ich.

Ehe ich ausstieg, zog sie mich zu sich. Gib mir einen Kuss, sagte sie.

Wir küssten uns.

Sag, dass du mich liebst.

Ich liebe dich, sagte ich.

Sehr?

Sehr.

Wie sehr?

Verdammt, Sulamita, lass mich das hier erledigen.

Ich stieg aus dem Wagen und ging zum Pfandhaus, das im Gegenlicht vor dem blauen Himmel wie ein Loch aussah. Es dauerte ein paar Sekunden, bis ich mich an die Dunkelheit gewöhnt hatte.

Ich bin gekommen, um meine Uhr abzuholen, sagte ich.

Der Alte nahm meinen Pfandschein entgegen, ging in den hinteren Teil des Geschäfts und kam kurz darauf mit Júniors goldener Uhr zurück.

Er war nicht übermäßig erfreut, diese Typen verdienen ihr Geld mit anderer Leute Unglück.

Ich zahlte und ging zurück zum Wagen.

Hat er Fragen gestellt?, wollte Sulamita wissen.

Nein.

Sie inspizierte die Uhr. Sie ist schön, sagte sie. Und funktioniert. Auch sie werde ich einer kleinen Behandlung unterziehen müssen.

Zehn Minuten später setzte ich Sulamita beim Leichenschauhaus ab.

Wir verabredeten, dass wir uns bei Einbruch der Nacht zu Hause treffen würden. Der Rest des Tages verlief ruhig, abgesehen von der unangenehmen Begegnung, die ich mit Carlão hatte, als ich die Rechnungen der Berabas bezahlen ging. Carlão war in Begleitung seiner Exfrau und wirkte wie ein artiges Hündchen, das seinem Frauchen die Tasche trägt, eine rote Handtasche mit lauter Gebaumel daran, die dem reumütigen Schrank an der Schulter gar nicht gut stand. Eigentlich war sie es, die Ex, die mich ansprach und die sicherlich nicht den wahren Grund für Carlãos Trennung von Rita kannte. Komm uns dieser Tage mal besuchen, sagte sie, ich eröffne das Restaurant an der Tankstelle neu. Carlão schaute mich so interessiert an wie ein Stück Holz. Wir müssen uns öfter sehen, sagte sie, schließlich seid ihr Cousins.

Kaum hatte die Frau den Blick von mir abgewandt, bedeutete er mir auch schon mit einer Geste, ich solle mich zum Teufel scheren, das jedenfalls sagte er mir mit seiner dicht behaarten Hand.

Zurück im Haus der Berabas teilte Dalva mir mit, Serafina sei am Telefon.

Sie hat mich rausgeschmissen, sagte die Indiofrau.

Wovon redest du?

Von Eliana. Sie hat gesagt, ich soll mir eine andere Bleibe suchen.

Ich sprach mit Dona Lu, bat sie um Erlaubnis, früher gehen zu dürfen, und fuhr zu Eliana, um mit ihr zu reden.

Wenn du dir solche Sorgen um die Indianerin machst, sagte sie, ohne sich von dem Fraß abzuwenden, den sie für die Kinder zubereitete, warum nimmst du sie dann nicht mit zu dir?

Das werde ich auch tun. Aber ich brauche etwas Zeit. Vorläufig kann sie nirgendwo anders hin, erklärte ich.

Doch, zu ihrem Stamm am Ende der Welt. Sie braucht bloß ihren Kram zu packen und zu verschwinden. Die Regierung zahlt, damit diese Leute zurückgehen.

Hast du gar kein Mitleid mit deiner Schwiegermutter?

Schwiegermutter? Die alte Schachtel? Hat Moacir vielleicht Mitleid mit mir gehabt? Mit unseren Kindern? Hat er zufällig irgendwelches Geld hinterlassen, damit ich meine Rechnungen bezahlen kann?

Wie viel brauchst du?

Wozu?

Um deine Rechnungen zu bezahlen.

Eliana machte ein missmutiges Gesicht.

Fünfhundert, sagte sie.

Ich öffnete die Brieftasche und gab ihr alles, was ich hatte. Den Rest werde ich besorgen, sagte ich. Aber du musst Serafina hierbehalten, bis ich mein Leben geregelt habe.

Ich drehte mich um und ging.

Eine Schlampe, diese Eliana. Und ihretwegen war Moacir vor die Hunde gegangen.

So weit, so gut, Over. Bei mir zu Hause bin ich in Sicherheit, hier weht kein Sturm. Es fällt auch kein Regen. Gutes Wetter, alles an seinem Platz, Over. Es wird alles klappen. Das dachte ich, während ich mir im Fernsehen eine Sendung über Tornados anschaute.

Sulamita kam um sieben Uhr und legte sich neben mich, die Beine auf meinen Schoß. Die Bilder waren beängstigend, Häuser, Schuppen, Autos, Laternenpfähle, alles wurde von einer unsichtbaren Pumpe aufgesaugt. Sieht aus wie Spezialeffekte, sagte Sulamita. Wir lagen noch länger Hand in Hand auf dem Bett und fühlten uns beschützt, während wir uns darüber unterhielten, wie übel diese Menschen, die Eigentümer der Häuser und der Autos, die Bewohner dieser Städte doch dran waren. Das Unglück der anderen ist wie eine Art Show, findest du nicht?, fragte Sulamita. Schön anzuschauen, fügte ich hinzu. Wirklich widerwärtig, darin waren wir uns einig. Sie machen das, um zu verkaufen. Und sie verkaufen, stimmten wir überein. Sie verkaufen, weil wir es kaufen.

Als die Sendung zu Ende war, stellte Sulamita den Fernseher aus und schlug vor, eine Pizza essen zu gehen.

Ich wollte nicht, fühlte mich verwundbar, schaute pausenlos zur Seite, hinter mich, ständig in der Angst, eine Kugel in den Kopf gejagt zu bekommen.

Wenn Ramírez dir einen Monat gegeben hat, um die Schulden zu begleichen, sagte Sulamita, als wir in der Pizzeria saßen, dann wird er dich nicht so mir nichts, dir nichts umbringen, was Ramírez will, sind die fünfzigtausend Dollar, sagte sie. Es ergibt keinen Sinn, dich vorher zu töten.

Ich pflichtete Sulamitas Argumenten bei, was aber nicht zur

Folge hatte, dass ich seltener zur Seite und hinter mich geschaut hätte. Besser, ich setze mich mit dem Rücken zur Wand, sagte ich, und wir zogen an einen der hinteren Tische um.

Während des Abendessens zeigte Sulamita mir Júniors Uhr. Schmutzig, zerkratzt und kaputt. Wir hatten in der Nacht zuvor lange über die Beweise gesprochen, die wir vorlegen sollten.

Wir müssen berücksichtigen, dass die Uhr im Wasser lag, bis der Angler die Leiche gefunden hat. Genauso redeten wir, als ob der Angler jemand anderes wäre, Over, und nicht wir.

Du denkst auch an alles, sagte ich.

Wo ist Júniors Handy?, fragte Sulamita.

Ich hatte es mitgebracht, sagte aber, ich wisse nicht, ob es gut sei, es zu benutzen. Lass uns zusammen überlegen; Júniors Rucksack befand sich bei der Bergung des Flugzeugs nicht dort, also war auch das Telefon nicht da. Aber selbst wenn, es wäre kaputt gewesen, weil es mehrere Stunden im Wasser gelegen hätte.

Du hast recht, sagte sie, aber wenn sie mit einem Spezialgerät die Nummer ermitteln, wird die von Júnior angezeigt werden.

Natürlich, sagte ich und gab Sulamita einen Kuss. Verdammte Logik.

Nach dem Essen fuhren wir über die Ponte do Jacaré und hielten an einem ruhigen Plätzchen, als wenn wir Verliebte wären, die für sich sein wollten.

Leg den Stoff darüber, sagte Sulamita und reichte mir das Flanelltuch, das sich im Handschuhfach meines Autos befand. Und verstell deine Stimme.

Wäre es nicht besser, wenn du sprichst?

Nein, sagte sie. Der Angler muss ein Mann sein.

Ich wählte, und Dalva nahm ab.

Ich würde gerne mit Frau Lourdes Beraba sprechen, sagte ich mit tiefer Stimme.

Wer ist am Apparat?

Ein Freund, antwortete ich.

Sekunden später hörte ich Dona Lus Stimme. Sanft, zugänglich.

Hallo, wer ist da?

Ich zögerte einen Augenblick. Und dann sprach ich.

Ich habe den Leichnam Ihres Sohnes. Benachrichtigen Sie nicht die Polizei. Sie werden Instruktionen erhalten. Wenn Sie die Polizei einschalten, hören Sie nie wieder etwas, erklärte ich.

Und legte auf. Oder besser gesagt, der Angler legte auf.

Ganz einfach.

25

Ich wollte mich nicht ständig so fühlen. Eine Hetzjagd, ein Hirsch, der über das offene Feld läuft. Ein Kaninchen, das erschrocken flieht. Ramírez durfte nicht noch einen Fehler begehen. Ich habe immer alles bezahlt, wollte ich sagen. Ich bin ein guter Zahler, einer von denen, die nicht ruhig schlafen, sobald sie Schulden haben. Eigentlich ein Erbe meiner Mutter. Das war unser Credo, alles pünktlich zu bezahlen. Bei uns zu Hause waren Schulden gewissermaßen Sünde.

Im Innenhof seiner Fabrik in Puerto Suárez würdigte Ramírez mich keines Blickes. Er interessierte sich mehr für den nagelneuen schwarzen Mitsubishi, der in der Garage stand. Vermutlich geklaut, Over. Im Wohnzimmer unterhielten sich ein paar Leute mit Juan, vielleicht neue Schluckkandidaten für Kokainkapseln.

Sulamita hatte mir erzählt, dass die Leute Schlange standen für diese Art von Job und dass sie auf der Wache schon Frauen mit tennisballgroßen Drogenpäckchen in der Vagina gesehen hatte.

Du machst ein schlechtes Geschäft, wenn du mich umbringst, Over. Du wirst fünfzigtausend Dollar verlieren. Wirst einen Partner verlieren. Ich war dort, um ihm das zu sagen, ich war ziemlich früh gekommen, ohne vorher anzurufen, was sie nicht gerne sahen. Ich gebe dir einen Tipp, Porco: Wir hier mögen keine Überraschungen, hatte Juan gesagt. Aber ich musste die Sache in Ordnung bringen. Einen Pakt mit Ramírez schließen. Einen Schwur leisten. Ich schwöre, wollte ich sagen. Mir schlotterten die Beine, ich schnaufte wie ein Hund und sagte keinen einzigen Satz von dem, was ich mir unterwegs nach Puerto Suárez im Wagen zurechtgelegt hatte. Ich erzählte nur lauter Mist, log, während ich mein inneres Funkgerät vernahm, Over, das mir sagte, ich würde es vergeigen. Ich erzählte von Moacir und wie die Polizei ihn in der Zelle gefunden hatte. Und wie er gerülpst hatte, als sie ihn von dem Laken losbanden, mit dem er sich umgebracht hatte. Der letzte Seufzer der Erhängten, sagte ich. Wenn man erwürgt wird, sagte ich und wusste selbst nicht, warum ich diesen krummen Weg einschlug, wenn man erwürgt wird, rülpst man nicht. Und man hat auch keinen Samenerguss, das ist doch interessant. Sie haben mir mitgeteilt, Moacir hätte eine Latte gehabt, als er gefunden wurde, sagte ich. Voller Sperma. Und ich lachte, als ob daran irgendetwas komisch gewesen wäre.

Porco erzählt ja tolle Geschichten, sagte Ramírez. Ist irgendwas?

Wie?

Willst du mir etwas Bestimmtes sagen?

Nein, antwortete ich, es ist nur so, dass Moacir, sprach ich weiter. Ich scheiße auf Moacir, unterbrach mich Ramírez.

Ich werde zahlen, sagte ich. Du musst dir wegen mir keine Sorgen machen.

Ramírez lachte auf. Ich bin sicher, dass du zahlen wirst, erwiderte er.

Und dann rief er nach Juan. Bring mir meinen Kalender, verlangte er.

Wenig später kam Juan mit einem großen, schwarz eingebundenen Buch, wie sie früher von den Buchhaltern benutzt wurden, aus dem Haus.

Das ist der Grund, weshalb diese Typen hopsgehen, dachte ich, sie legen Tabellen an, als wären sie Direktoren von multinationalen Konzernen. Und nun stand mein Name darin, zwischen dem von lauter anderen Dealern.

Hier steht es, sagte Ramírez. Porco: sechzigtausend Dollar. Du bist doch Porco?

Ja, sagte ich.

Dann weißt du ja Bescheid.

Du hattest von fünfzigtausend gesprochen.

Hatte ich? Und trotzdem kommst du wieder, um mir auf den Sack zu gehen? Dann lass dir gesagt sein, dass es jetzt sechzigtausend sind, erklärte er und korrigierte sein Buch.

Er legte eine Pause ein, ehe er zu Ende sprach.

Jedes Mal, wenn du mit leerem Gewäsch zu mir kommst, schlage ich zehntausend Dollar auf deine Rechnung drauf.

Er fügte noch hinzu, dass ich vierundzwanzig Tage Zeit hätte, um die Schulden zu begleichen. Und dass ich die Frist als eine Geste seines guten Willens betrachten dürfe. Ich bin sonst nicht so. So großzügig.

Auf dem Rückweg ins Stadtzentrum von Puerto Suárez überkam mich so etwas wie Erleichterung. Ich hatte also vierundzwanzig Tage, Over. Besser als vierundzwanzig Stunden. Wenn Ramírez vierundzwanzig Tage gesagt hatte, dachte ich, dann waren es auch vierundzwanzig Tage. Davor waren es dreißig gewesen.

Und nun vierundzwanzig. Was fair war, wenn man den Betrag berücksichtigte, den ich ihm schuldete. Sechzigtausend Dollar. Und zehn Kilo Koks.

Ich musste unweigerlich daran denken, dass es so ähnlich bei einem Todesurteil sein musste. Vierundzwanzig Tage Zeit. Die Galgenfrist, die man hatte, und dann der elektrische Stuhl. Oder bei Nierenkrebs. Der Arzt warnt: Sechs Monate. Ein Aufschub und Schluss. Mein Vorteil waren die Begnadigung und das Gegenmittel, und sie befanden sich in meiner Tasche. Sulamita hatte in der Frühe alles vorbereitet: eine kleine Holzschachtel mit Júniors Uhr, die direkt von Puerto Suárez aus per Post an die Familie Beraba gehen würde.

Sulamita hatte die Uhr sorgfältig gereinigt, um unsere Fingerabdrücke zu entfernen, und in Kohlepapier eingewickelt, eine Methode, um die Röntgenstrahlen auszutricksen.

Wir hatten vorsichtshalber mit Sulamitas Computer den Namen des Empfängers auf einen Aufkleber gedruckt und beim Absender eine falsche Adresse angegeben, sodass bei einer Überprüfung rasch festgestellt werden würde, dass Straße und Hausnummer nicht existierten.

Ich parkte zwei Häuserblöcke vom Postamt entfernt und spürte, während ich zu Fuß im weiten Bogen um die Pfützen herumging, Over, die Wölbung des Päckchens in der Tasche meiner Jeansjacke.

Es herrschte reger Betrieb. Stehrestaurant, Ramschladen, Bankfiliale, noch ein Ramschladen, Bäckerei, ein weiterer Ramschladen, alle voller Menschen wegen des Regens, der nun stärker wurde.

Vor dem Postamt zögerte ich, wusste nicht, ob ich hineingehen oder jemanden bitten sollte, die Sendung für mich aufzugeben. Irgendeiner von den Jungs, die sich den Touristen als Gepäckträger anboten, könnte den Job erledigen. Vertrau niemandem, Over. Kurz darauf ging eine Gruppe amerikanischer Rucksackreisender, typisch Jugendliche, mit großem Hallo in die Post hinein. Ich nutzte die Gelegenheit, mischte mich unter sie und gab, ohne Aufsehen zu erregen, die Uhr auf.

Mission erfüllt, dachte ich, als ich ins Auto stieg.

26

In den folgenden Tagen hieß es warten.

Der Angler meldete sich nicht, doch im Haus lag eine spürbare Spannung in der Luft.

Bei den drei Malen, die ich mit Dona Lu sprach, fiel mir auf, dass sie die ganze Zeit über das schnurlose Telefon in der Hand behielt. Und wenn es schrillte, wartete sie noch nicht einmal das zweite Klingeln ab und nahm den Anruf mit einer ängstlichen Erregung an, die ich nur allzu gut kannte.

Ich erinnere mich noch, wie meine Mutter mich einmal bat, auf das Telefon zu achten, während sie duschen ging. Ich schlief dann jedoch ein und erwachte von ihrem Schreien, in ein Handtuch gehüllt lag sie am Boden und weinte, warum hast du nicht abgenommen?, brüllte sie.

Bei den Berabas hatte ich ebenfalls miterlebt, wie der Fazendeiro von der Arbeit kam und seine Frau fragte, ob sie angerufen hätten. Nein, sagte sie. Noch nicht.

Als ich anderntags hineinging, um die Post abzuliefern, fand ich Dona Lu im Wohnzimmer schlafend mit dem Telefon auf dem Schoß. Sie magerte jetzt rapide ab, selbst die weißen Haaransätze, die in auffallendem Kontrast zu dem gefärbten Teil der Haare standen, schienen sie nicht zu stören. Sie hatte alle Eitelkeit verloren. Trug einen blauen, verschossenen Frotteebademantel und senffarbene Pantoffeln. Sah aus wie eine verblühte Blume. Ohne Duft. Von meiner Gegenwart erwachte sie, setzte sich auf dem Sofa zurecht und sagte, so gehe es ihr in letzter Zeit ständig, sie schlafe überall ein. Und nachts, sagte sie, liege ich wach. Sie fragte, ob ich Geschwister hätte. Ich verneinte. Sie sind ein Einzelkind, erklärte sie. Genau wie Júnior. Und ihre Augen wurden feucht. Ich empfand an diesem Tag so viel Liebe für Dona Lu, wenn es eine andere Möglichkeit gegeben hätte, an mein Geld zu kommen, ich hätte den Plan verworfen. Es gibt keine andere Möglichkeit, Over. Sie ist ein Strich in der Landschaft, sagte Dalva in der Küche. Jetzt nimmt sie nur noch Milch zu sich. Mehr nicht.

Am Mittwoch früh ging die Bombe hoch. Gleich nachdem die Post das Päckchen gebracht hatte, das ich in Puerto Suárez aufgegeben hatte, war es, als schrillte eine Alarmglocke. José Beraba wurde per Telefon herbeizitiert, und eine halbe Stunde später stand sein Auto in der Garage. Auch Dona Lus Arzt kam eilends dazu.

Was ist los?, fragte Dalva.

Später wurde ich von Seu José in sein Arbeitszimmer gerufen. Er fragte, ob ich an dem Morgen die Post in Empfang genommen hätte.

Ich bejahte.

War es derselbe Postbote wie immer?

Ja, antwortete ich. Gibt es irgendein Problem?

Nein, sagte er und schickte mich hinaus.

Ehe ich ging, bot Dalva mir in der Küche ein Stück von dem Orangenkuchen an, der gerade frisch aus dem Ofen gekommen war. Irgendetwas ist passiert, sagte sie. Irgendetwas sehr Seltsames. Und zwar, nachdem du die Post abgeliefert hast. Hast du es gemerkt?, fragte Dalva.

Abends erzählte ich alles Sulamita.

Jetzt beginnt Phase B unseres Plans, sagte sie.

Sulamita hatte von einer wirkungsvollen Methode gehört, die Entführer anwenden, um Druck auszuüben, indem sie bei der Familie anrufen und, anstatt Forderungen zu stellen oder Drohungen auszustoßen, einfach schweigen. Das Schweigen, sagte sie, ist eine fürchterliche Drohung. Wir müssen sie destabilisieren, sagte sie. Wir müssen sie demontieren. Verhindern, dass sie sich rühren.

Lange Zeit hatte ich geglaubt, Schlechtigkeit erfordere einen langen Lernprozess. In jenen Tagen begriff ich, dass das Schwere ist, ein guter Mensch zu sein; man lernt es nur durch tägliche Exerzitien, die die Menschen je nach Glauben manchmal christlich oder buddhistisch nennen. Die Schlechtigkeit aber ist uns schon von Geburt an eingeimpft wie ein angeborenes Virus, das nur den passenden Moment abwartet, um in Erscheinung zu treten. Wie sonst hätte ich Sulamitas und mein Verhalten erklären sollen? Sulamita hatte nichts mehr mit der verängstigten Frau von einigen Tagen zuvor zu tun. Sie war es, die an die Kleinigkeiten dachte und die Entscheidungen traf. Vielleicht war genau das der Grund, weshalb mein inneres Funkgerät, diese Stimme in mir, sich jetzt seltener bemerkbar machte. Es meldete sich zwar immer noch, aber lückenhaft und mit Interferenzen. Es lenkte mich nicht. Warnte mich nur. Sulamita war es, die das Kommando hatte.

Aber zurück zum Wesentlichen: Unsere Nächte waren ausgedehnte Wahrscheinlichkeitsstudien. Manchmal war es, als rasten wir frenetisch auf einem Geisterzug dahin, als sei dieser ganze groteske Plan ein makabres Abenteuer. Sulamitas Augen glänzten vor Erregung. Und meine brannten. Wir müssen uns mit jeder Einzelheit beschäftigen, sagte sie immer wieder. Vor allem mit der Leiche. Und mit dem Geld. Ich wachte mitten in der Nacht auf, auch daran musst du denken, erinnerte ich sie. Und daran. Und schlief wieder ein. Und dann weckte sie mich, ein Fehler nur, ein einziger Fehler, und wir sind geliefert, wiederholte sie. Weißt du, es ist wie beim Schachspiel, sagte sie. Und stellte mir Fragen, auf die ich keine Antwort wusste. Die genaue Farbe von Júniors Haar und Augen, Größe, Gewicht, woher soll ich das wissen?, fragte ich. Schachmatt, sagte sie dann. Streng dich an. Ich brauche genaue Informationen. Denk nach. Erinnere dich noch mal. Wie soll ich deiner Ansicht nach eine Leiche auftreiben, wenn ich nicht mal Júniors Körpergröße kenne?

Noch in derselben Nacht, nachdem die Post angekommen war, rief der Angler bei der Familie an. An den beiden darauffolgenden Tagen wiederholten wir die Anrufe zu verschiedenen Uhrzeiten. Sulamita rief ebenfalls ein paarmal während meiner Arbeitszeit an, damit sie keinen Verdacht gegen mich schöpften.

Am Freitag im Morgengrauen rief ich viermal an. Aufgelöst gingen entweder Dona Lu oder Seu José ans Telefon und flehten den Angler an, etwas zu sagen. Sie rufen vom Handy unseres Sohnes aus an, sagten sie.

Der Angler gab keinen Ton von sich, atmete nur. Ein schweres, rhythmisches Atmen, wie von einem geduldigen Tier, das auf den passenden Moment wartet, um anzugreifen, so fühlte ich mich am anderen Ende der Leitung.

Beim letzten Mal verlor Seu José die Beherrschung.

Du Hund, sagte er. Du Wurm. Hurensohn.

Und legte auf.

27

Die Sonne schien durch die Hohlräume zwischen den Asbestschindeln. Und auch an den Seiten, durch die Ritzen, unter der Tür hindurch.

Es war Samstag, und ich lag im Halbschlaf im Bett. Der Ventilator surrte an der Decke, aber ich konnte das Gekicher trotzdem noch hören. Wie knisterndes Feuer. Durch das geriffelte Glas des Fensters sah ich ihre Scheitel. Ich hatte sogar Spaß daran. Vorwitzige Dreikäsehochs. Die Kinder lachten. Tuschelten. Geh die Außentreppe hoch, sagte eines von ihnen. Ich wusste, was sie wollten. Behutsam stand ich auf, riss geräuschvoll das Fenster auf und stieß ein Drohgebrüll aus. Lachend rannten sie davon. Ich wusste, sie würden wiederkommen, in der Erwartung, dass ich den Jux wiederholte.

Draußen war ein heißer Tag. Serafina spritzte mit dem Schlauch in der Hand den Gehweg sauber, ich werde einen frischen Kaffee machen, sagte sie, als sie mich erblickte.

Um acht Uhr rief Sulamita an. Sie war wütend auf ihren Vater, der Alte ist unmöglich, sagte sie, ich habe herausgefunden, dass er den Käfer von unserem Nachbarn gekauft hat. Ich musste das Geschäft wieder rückgängig machen, unglaublich, findest du nicht?

Ich erkundigte mich nach den Vorbereitungen, und sie erklärte, dass alles fertig sei, komm mich abholen, sagte sie.

Als ich das Bad verließ, klopfte Serafina an die Tür und brachte mir eine Tasse Kaffee, zusammen mit einem Briefumschlag ohne Absender. Der ist gestern angekommen, erklärte sie.

Ich bemerkte einen Bluterguss an ihrem Arm.

Was ist passiert?, fragte ich.

Sie lächelte verlegen.

War Eliana das?

Nein, antwortete sie, ohne den Blick abzuwenden. Ich bin gegen den Kleiderschrank gestoßen.

Eliana darf das nicht, verstehst du?

Serafina ging und nahm die leere Kaffeetasse wieder mit.

Ich öffnete den Umschlag und fand darin eine Art Röntgenaufnahme. Darauf war ein roter Aufkleber in Form eines Pfeils geheftet, der auf einen winzigen Punkt des Bildes zeigte. Auf dem beigefügten Blatt Papier stand in Maschinenschrift: Ultraschalluntersuchung. Fruchtblase mit 9 mm großem Fötus. Der Pfeil zeigt auf das durchblutete Herz.

Das war alles. Der Poststempel stammte aus Rio de Janeiro. Dann war Rita also dorthin gezogen?

Ich stand da, starr, atemlos, und starrte auf das schwarze Blatt. Den Punkt. Rio de Janeiro. Ich verbrannte alles und ging hinunter, um mit Serafina zu sprechen. Ich bat sie, mir niemals etwas im Beisein von Sulamita zu übergeben, versprochen?

Versprochen, sagte sie.

Das ist sehr wichtig, erklärte ich. Hast du verstanden?

Ja, wiederholte sie.

Ich setzte mich ins Auto und dachte über das nach, was ich gerade gesehen hatte. Es war nur ein Punkt, aber es hatte bereits ein Herz und Blut.

Der Bettler schlief auf einer dampfenden Steinplatte, die Sonne schien ihm ins Gesicht. Sonst war niemand dort zu sehen. Nur Hunde und Müll.

Wir gingen die stinkenden Wege des Friedhofs entlang, Sulamita trug den Feldblumenstrauß, den wir unterwegs gekauft hatten. Wir besuchen einfach das Grab meiner Großmutter, sagte sie.

Wir gingen Hand in Hand, ich schwitzte stark und schaute mich ständig nach hinten um. Eine Sonne zum Umkommen.

Falls sie uns folgen, sagte ich, werden sie uns kriegen.

Niemand beschattet uns, antwortete Sulamita.

Ich vertraue dir, sagte ich und schaute mich noch einmal um.

Sulamita blieb vor einem verwüsteten Grab stehen, von dem intensiver Uringeruch aufstieg.

Dein Benehmen hilft mir kein bisschen, sagte sie. Kannst du dich nicht beherrschen? Du machst mich noch nervöser, als ich eh schon bin.

Es war ein klarer, wolkenloser Tag, und ich fühlte mich außerstande, bei der Sonne weiterzulaufen.

Hast du Angst?, fragte sie.

Was wir tun, ist furchtbar, antwortete ich.

Wir werden niemanden umbringen, sagte sie. Denk an deine Mutter. An Dona Lu. Du hast selbst gesagt, dass Dona Lu sich besser fühlen wird, wenn alles vorbei ist.

Wir befanden uns an einem Punkt, an dem wir langsam Geld ausgeben mussten. In dieser Woche hatte ich ihr angeboten, meinen Pick-up zu verkaufen. Kommt gar nicht infrage, hatte Sulamita gesagt. Wir dürfen nichts tun, was Aufmerksamkeit erregen könnte, nichts verkaufen, kaufen, ausgeben, nicht streiten, uns nicht trennen, nichts. Weder jetzt noch hinterher, wenn alles vorbei ist. Du wirst noch eine ganze Weile im Hause Beraba weiterarbeiten müssen. Als wenn nichts geschehen wäre. Weißt du, wann Verbrecher scheitern? Wir sind keine Mörder, hatte ich erwidert. Nein, natürlich nicht, hatte sie mir beigepflichtet, aber wir begehen ein Verbrechen. Und es gibt nur einen Rat für Leute, die tun, was wir tun: die Routine beibehalten. Wenn man von der Routine abweicht, ist das für uns von der Polizei der Anknüpfungspunkt.

Ich denke nur an dein Geld, sagte ich. An das Geld, das du ausgeben wirst. Überleg es dir gut. Wenn wir es lassen wollen, dann jetzt, sagte ich.

Ich will nichts lassen, antwortete sie. Ich habe Freunde, die trinken was, ehe sie zur Arbeit gehen, du könntest auch etwas trinken. Das würde dich ruhiger machen. Jetzt lass uns gehen, sagte sie und zog mich an der Hand. Er wartet auf uns.

Der Mann hieß Gilmar. Seine sonnengegerbte Gestalt und seine erdverschmierte Kleidung entweihten in gewisser Weise den strahlenden Tag. In der einen Hand hielt er den Spaten und in der anderen den Hut.

Wir standen in der Mitte des Friedhofs, Schmeißfliegen surrten um uns herum. Unterwegs hatte Sulamita mir erzählt, dass auf dem Friedhof Vandalismus herrschte. Die Bettler nutzen die Grabstätten zum Verrichten ihrer Notdurft, hatte sie gesagt. Die Verwaltung hat die Erlaubnis, Gräber zu öffnen, die älter als fünf Jahre sind, aber die Diebe und Penner machen sie vorher auf und nehmen heraus, was sie wollen.

Nun sprach sie mit Gilmar, und ich blieb ein wenig abseits, als wäre ich auf diese Weise nicht Teil des Handels.

Er liegt schon seit fünf Monaten dort, erklärte Gilmar.

Das macht nichts, erwiderte Sulamita. Hauptsache, es ist ein Mann.

Ja, erwiderte er. Ich habe ihn selbst begraben.

Wie groß ist er?

Eins achtzig, genau wie Sie möchten.

Und wie machen wir es?, fragte Sulamita.

Ich hole ihn noch heute heraus, und Sie kommen in der Nacht vorbei. Ich werde am Tor warten.

Gibt es keinen Wachdienst?, fragte sie.

Gilmar lachte.

Während die beiden sich über die Bezahlung unterhielten, dachte ich an nichts anderes als an den schwarzen Punkt. Den roten Pfeil. 9 mm. Fruchtblase. Und wenn ich in Rio de Janeiro bei Rita wäre? Ich schloss die Augen und malte mir aus, wie wir beide Hand in Hand am Strand spazieren gingen. Drachensegler am Himmel. Eine erfrischende Brise. Lass uns schwimmen gehen, sagte Rita. Und wir stürzten ins Wasser.

Durchgeschwitzt verließen wir den Friedhof. Die Sonne war unerbittlich.

28

Eine halbe Stunde später hielt ich vor dem Geschäft für Baubedarf. Sulamita reichte mir die Einkaufsliste.

2 Regenmäntel
2 Paar Handschuhe
2 Schutzbrillen
2 Masken
1 Spaten
8 Meter dicke schwarze Plastikfolie
1 Schweißbrenner
1 Hammer
2 starke Taschenlampen
8 Müllsäcke à hundert Liter
5 Meter schwarzes Segeltuch
Seile

Kauf hier nur die ersten vier Sachen, den Rest besorg in den anderen Geschäften, sagte sie und gab mir einige Scheine, die sie tags zuvor von ihrem Sparkonto abgehoben hatte.

Der Umstand, dass Sulamita die Aktion finanzierte, störte mich ebenfalls.

Wir bekommen ja wieder, was wir jetzt ausgeben, sagte ich.

Sie küsste mich.

Ich stieg aus dem Auto, erledigte die Einkäufe, und um keine Aufmerksamkeit zu erregen, wiederholten wir diesen Vorgang in drei weiteren Geschäften der Stadt. Als ich mit den letzten Einkäufen zum Wagen zurückkehrte, stand Sulamita auf dem Gehweg.

Was ist los?, fragte ich.

Ich wollte nur auf Nummer sicher gehen, dass wir nicht verfolgt werden.

Erschrocken schaute ich mich um.

Es war nur zur Kontrolle, sagte sie. Ich dachte, ich hätte Joel gesehen. Aber die Luft ist rein.

Wir stiegen ins Auto, ich schaute in den Rückspiegel.

Und jetzt?, fragte ich.

Jetzt will ich etwas essen. Ich habe einen Mordshunger.

Weißt du, ich zahle es dir auch zurück, sagte mein Schwiegervater. Er sprach leise, aus Furcht, Sulamita könnte uns hören. Wir hatten gerade das Mittagessen beendet, saßen vor dem Fernseher und schauten uns irgendeinen belanglosen Film an. Ich hätte das Gespräch abkürzen und sagen sollen, sprich mit deiner Tochter, sie kann dein Problem eher lösen. Aber ich ließ den Alten plappern. Die Sache ist nämlich die, erklärte er, ich habe einem Freund Geld geliehen, möchte ihn aber nicht unter Druck setzen, verstehst du? Geld kann eine Freundschaft zerstören, sagte er. Wenn ich ihn unter Druck setze, verliere ich seine Freundschaft, und einen guten Freund findet man nicht so schnell wieder. Wenn man jemandem aus der eigenen Familie etwas schuldet, ist das was anderes. So wie zwischen uns. Ich habe Schulden bei dir, aber ich werde sie zurückzahlen. Und wenn du eines Tages etwas brauchst, kann ich es dir leihen. Später einmal. Und du gibst es mir wieder, wenn du kannst. Von meinem Schwiegersohn werde ich niemals etwas zurückverlangen. Aber ich werde es dir wiedergeben. Du musst mir noch mal tausend leihen. Tausendzweihundert, um genau zu sein. Mein Freund gibt mir das Geld ganz bestimmt wieder, und dann bekommst du es zurück. Du kriegst dann die fünftausend und außerdem die tausend, die du mir jetzt leihst.

Mir fiel auf, dass Regina ihren Vater aufmerksam beobachtete und mich angrinste. Dann schaute sie wieder zu ihrem Vater und stieß ein seltsam kullerndes Gelächter aus. Der Alte redete weiter, und jedes Mal, wenn er sagte, er werde mir das Geld zurückzahlen, lachte Regina kullernd. Und blickte mich an. Das belustigte mich, und ich fing ebenfalls an zu lachen.

Hör auf damit, Regina, sagte der Alte. Aber dann begriff er, was los war, und lachte mit uns zusammen. Blitzgescheit, das Mädchen, sagte er. Kein bisschen zurückgeblieben. Sie ist nur krumm und schief. Wir lachten herzlich. Man denkt, sie hat sie nicht alle beisammen, sagte er und verschluckte sich fast vor Lachen, und dabei beobachtet sie uns ganz genau, die geistig Zurückgebliebene.

Während wir drei uns vor Lachen bogen, kam Sulamita dazu und fragte, was denn so lustig sei.

Die geistig Zurückgebliebene hier ist blitzgescheit, sagte ihr Vater noch immer lachend.

Sulamita schnaubte, wenn man so über Regina sprach. Hör auf, so zu reden, Vater, sagte sie. Du hast überhaupt keine Ahnung. Sie ist nicht geistig zurückgeblieben. Und der Streit begann. Die Tochter schrie den Alten an, der schrie zurück, woraufhin sie Vater und Mutter anschrie, welche sich gegenseitig anschrien, bis Regina zu weinen anfing. Ich hatte das Gleiche schon mehrmals miterlebt. Verstehst du jetzt, warum ich hier nicht wegkann?, fragte Sulamita mich dann. Sie können sich nicht richtig um meine Schwester kümmern.

Lass uns mit Regina ein Eis essen gehen, sagte sie. Hilf mir, sie ins Auto zu bringen.

Am Ende des Tages fuhren wir, nachdem wir Regina bei ihren Eltern abgesetzt hatten, zu mir, und ich duschte. Zieh dir alte Sachen an, sagte Sulamita, die das zu Hause ebenfalls getan hatte.

Die Sonne war noch keine halbe Stunde untergegangen. Wir hatten Zeit und beschlossen, eine Pizza essen zu gehen, in einem Lokal, wo man draußen sitzen und die Brise spüren konnte, die vom Fluss herüberwehte.

Das Restaurant war voller Familien, Kinder, und mir war behaglich zumute, vor allem, nachdem der Wodka zu wirken begonnen hatte. Wir aßen zu Abend, tranken weiter und warteten, dass die Zeit verging.

Sulamita erzählte mir, dass ihr Anatomieprofessor auf der Universität als Lektüre eine Erzählung über die Ermordung von Menschen und den Verkauf ihrer Leichen empfohlen hatte. Die Erzählung beruhte auf Tatsachen, die sich im 19. Jahrhundert in London zugetragen hatten. Es war eine abstoßende Geschichte von Menschen ohne jede Moral, die Bettler erstickten und deren Leichen anschließend an Universitäten verkauften. Aber hinter all dieser Widerwärtigkeit hatte ein edles Motiv gestanden, nämlich die Wissenschaft und der Fortschritt. Die Geschichte stammt von R. L. Stevenson und heißt *Der Leichenräuber,* fuhr sie fort.

Sie schwieg einen Augenblick.

Aber wir haben noch nicht mal ein edles Motiv, sagte sie und machte ein betretenes Gesicht.

So war es jetzt immer, ständig spielte einer von uns mit dem Gedanken, den Plan aufzugeben. Erst ich, dann sie. Dann wieder ich, dann nochmals sie. Und dann wir beide gleichzeitig. Oder nur sie. Ich. Tagelang ging das so, ein höllisches Auf und Ab.

Mir war klar, dass Sulamita nicht mehr weitertrinken durfte. Ich nahm ihr das Glas aus der Hand, verlangte die Rechnung und sagte dem Kellner, dass ich die Flasche Wodka mitnehmen würde.

Aber ich trinke allein, entschied ich. Dein Magen verträgt das nicht.

Um elf Uhr abends trafen wir beim Friedhof ein. Gilmar stand mit einer Frau am Eingang, wie ich später erfuhr, war es seine Frau. Viele verdienen sich so ihren Lebensunterhalt, erklärte Sulamita. Sie verkaufen alle möglichen Sachen, Vasen und sogar die Bronzetafeln der Grabmäler.

Während wir dem Paar durch die Dunkelheit folgten, wehte ein fauliger Geruch zum Wagenfenster hinein.

Und was, wenn sie nicht den Mund halten?

Wenn man sich auf so einen Plan einlässt, muss man Abstriche machen, sagte sie. Wir müssen das riskieren.

Vertraust du ihnen?

Wir zahlen gut, sagte sie. Darauf vertraue ich. Auf das Geld.

Als wir in den äußersten Randbereich des Friedhofs gelangten, bedeutete Gilmar uns zu halten.

Beim Aussteigen erblickte ich einen bescheidenen Sarg, der neben einer schlichten Grabstelle stand.

Und wie sollen wir ihn mitnehmen?, fragte ich.

Hol das Segeltuch aus dem Auto, sagte Sulamita.

Ich stand mit dem Rücken zu ihnen, als das Ehepaar den Sarg öffnete, und hörte lediglich Sulamitas Anweisungen, dass sie die Leiche einwickeln und auf die Ladefläche legen sollten.

Als alles erledigt war, stieg ich in den Wagen und wartete, bis Sulamita das Paar bezahlt hatte.

29

Wir fuhren schon seit über einer halben Stunde auf der unbefestigten Straße, ohne dass wir einer Menschenseele begegnet wären. Sulamita kannte den Weg gut. Bei der nächsten Einfahrt halt in der Nähe vom Zaun an, sagte sie. Das ist eine alte, verlassene Fazenda. Hier ist nie jemand.

Mir schwirrte der Kopf vom Alkohol.

Wir hielten; als ich die Scheinwerfer ausschaltete, war es, als ob die Nacht über uns niederstürzen würde. Man sah die Hand vor Augen nicht.

Ich schaltete die Scheinwerfer wieder ein, trank noch etwas Wodka, und dann stiegen wir aus. Das Material, das wir auf der Rückbank dabeihatten, nahmen wir mit.

Nun knipste ich die Taschenlampen an. Sulamita reichte mir Regenmantel, Schutzbrille, Stiefel und Handschuhe, damit ich mich fertig machte. Während sie sich ankleidete, erzählte sie mir von einer Krankheit, die durch Leichenwürmer verursacht wird und zur Erblindung führt. Pass auf, sagte sie.

Wir holten die Leiche von der Ladefläche und legten sie auf den Boden.

Vereinbart hatten wir, dass ich die Grube ausheben sollte, während Sulamita den Toten präparierte. Doch wegen der Dunkelheit hielt sie es für besser, dass wir alles gemeinsam machten. Du musst ihn anleuchten, sagte sie.

Sulamita kniete vor dem Wagen, um das Licht der Scheinwerfer auszunutzen. Ich trat mit den Taschenlampen näher, und erst in dem Moment erblickte ich die Leiche. Man konnte nichts erkennen; eine Art fettiger Masse, Auswurf, bedeckte das Skelett.

Ich hatte ein beklommenes Gefühl und trank noch mehr Wodka. Sulamita ebenfalls.

Teile der Kleidung klebten noch an dem Toten.

Mit einer Schere entfernte Sulamita die Gewebereste und warf sie in einen Müllbeutel. Sorgfältig untersuchte sie, ob sich auch kein Gegenstand an der Leiche befände, durch den sie identifiziert werden könnte.

Anschließend grub ich ein tiefes Loch, und vorsichtig legten wir den Toten hinein; dann zogen wir das schwarze Segeltuch weg.

Ich glaubte schon, das Schlimmste sei geschafft, als Sulamita mich aufforderte, in die Grube hineinzuleuchten. Mit dem Hammer zertrümmerte sie an mehreren Stellen Kiefer und Beine des Verstorbenen. Eine Wiedererkennung anhand des Gebisses wird ihnen nicht gelingen, erklärte sie. Ich habe schon Unfallpiloten begutachtet. Bei ihnen ist alles gebrochen. Mit dem Schweißbrenner versengte sie die Beine des Skeletts.

Dann verschlossen wir die Grube, nahmen Segeltuch und Plastiktüten und machten ein Feuer.

Die Brillen, den Spaten und alle anderen Gegenstände warfen wir mit Steinen beschwert in einem Müllsack in den Fluss.

Um drei Uhr morgens waren wir wieder bei mir zu Hause.

Wir gingen sofort ins Bad, stellten uns still unter die Dusche und spürten eng umschlungen das Wasser an uns herunterlaufen.

Als Sulamita am Sonntag aufstand, hatte ich die Kleidung, die wir in der Nacht zuvor getragen hatten, bereits in einer Mülltüte verstaut. Lass uns gehen, sagte ich.

Wir frühstückten in der Bäckerei an der Ecke und fuhren dann auf die alte Landstraße. Bevor wir die Stadt verließen, hielten wir an einer Müllkippe und warfen unsere Sachen weg.

Den Vormittag über schwammen wir in derselben Grotte, zu der wir immer gemeinsam fuhren. Wir redeten praktisch kein Wort.

Sulamita sagte mir mehrmals, dass sie mich liebe.

Wir lagen da und ließen uns von der Sonne trocknen. Ich fühlte mich so erschöpft, dass ich zuweilen die Augen schloss und einschlief.

Einmal, als ich aufwachte, betrachtete Sulamita mich. Sie fragte mich, ob wir wohl eines Tages vergessen würden, was wir getan hatten.

Ich seufzte.

Meine Angst ist, dass wir diese Leiche unser Leben lang mit uns herumschleppen werden, sagte sie.

Irgendetwas werden wir mit uns herumschleppen müssen, dachte ich. Aber ich sagte nichts. Schloss die Augen und spürte weiter die Sonne auf meiner Haut.

30

Als ich am Montag zur Arbeit kam, war Dalva bereits über alles im Bilde. Ungeniert räumte sie ein, dass sie das Gespräch der Herrschaften hinter der Tür belauscht hatte. Weißt du, sagte sie, während sie mir einen frischen Kaffee servierte, ich bin seit über zwanzig Jahren in diesem Haus. Ich habe den Jungen großgezogen. Ich habe das Recht zu wissen, was passiert.

Schwer atmend zog sie sich einen Hocker heran und setzte sich mir gegenüber.

Kannst du dich noch an den Irren erinnern, der vor einiger Zeit immer hier anrief und behauptete, Júnior sei tot? Er ruft wieder an, sagte sie.

Mein Herz begann zu rasen. Ganz ruhig, Over. Sie wissen von nichts, Over. Ich dachte an das, was Sulamita mir über ihren Beruf gesagt hatte, nachdem wir den Toten vergraben hatten. Vielleicht verstehst du jetzt, warum ich mich schäme, im Leichenschauhaus zu arbeiten. Die Leute ekeln sich vor mir. Wenn es sich vermeiden lässt, grüßen sie mich nicht mal, so als ob ich sie anstecken könnte. Und das Schlimmste ist, dass ich mich selber verseucht fühle.

Als Dalva mir von den mysteriösen Anrufen berichtete, die die Berabas seit einigen Tagen erhielten, kam ich mir ebenfalls so vor.

Glaubst du, dass es möglich ist, eine Leiche zu entführen?, fragte Dalva. So wie ich es verstanden habe, ist Júniors Leiche entführt worden. Ich wusste gar nicht, dass sie jetzt auch Leichen entführen. Das ist mir neu. Wie soll das gehen, eine Leiche zu entführen?

Dalva war verwirrt, sie schien sagen zu wollen, okay, in Ordnung, ich verstehe, dass Verbrecher töten, vergewaltigen, stehlen, entführen, Lösegeld verlangen, ich verstehe, dass sie verleumden und Brände legen, dass sie die Zwillingstürme in die Luft jagen, aber dass sie Leichen rauben? So etwas tut man nicht, das war es, was sie sagen wollte. Leichen gehören beerdigt und auf den Friedhof.

Eigentlich, Over, hörte ich gar nicht mehr zu, was Dalva sagte, sondern starrte nur blöde in ihr Gesicht und sagte mir im Stillen immer wieder, dass wir zumindest niemanden umgebracht hatten. Wir sind keine Mörder, wiederholte ich im Geiste, und als ich mich mit meiner Aufmerksamkeit wieder Dalva zuwandte, bestätigten sich meine Voraussagen: Seu José wollte die Polizei rufen, aber Dona Lu war dagegen. Die beiden streiten sich ununterbrochen, sagte Dalva.

Sie berichtete noch, dass Dona Lu jetzt Júniors Uhr trug. Weißt du, sagte sie, ich finde, Seu José hat recht. Sie sollten die Polizei benachrichtigen. Ich weiß nicht, wozu ich fähig wäre, wenn ich so einen Mistkerl zu fassen kriegte. Wenn es nach mir ginge, erklärte sie, dann gehört jemand, der so etwas tut, auf den elektrischen Stuhl. Wirklich schade, dass es in Brasilien nicht die Todesstrafe gibt.

Nach dem Kaffee ging es mir schlechter. Mir war übel, auf der Toilette musste ich mich übergeben. Ich hatte mich schon beim Aufwachen krank gefühlt, aber Sulamita hatte darauf bestanden, dass ich meine Routine beibehielt. Zum jetzigen Zeitpunkt ist jede Abweichung von der Normalität verdächtig, sagte sie.

Ich übergab mich noch zweimal, passte aber auf, dass niemand etwas davon mitbekam. Äußerlich war ich ruhig.

Dalva kam ständig mit seltsamen Fragen zu mir in die Garage. Wie waren die Verbrecher an Júniors Leiche gekommen? Waren sie mit im Flugzeug? Oder hatten sie Júnior nach dem Unfall gefunden, als er schon tot war? Und wo hatten sie die Leiche aufbewahrt? In einem Kühlschrank? Warum hatten sie Júnior nicht entführt, als er noch lebte? Lebendig wäre Júnior bestimmt sehr viel mehr Geld wert gewesen als tot, sagte sie.

Irgendwann wurden die Fragen brenzliger. Arbeitet deine Freundin nicht im Leichenschauhaus?, wollte sie wissen. Was macht sie da genau? Kann man, wenn man die Leiche sieht, tatsächlich erkennen, ob es Júnior ist? Oder doch jemand anderes? Lässt sich so etwas untersuchen?

Es lag auf der Hand, dachte ich, natürlich würde man diese Verbindung herstellen. Sie werden dich schnappen, Over. Mehrfach rief ich bei Sulamita an, bleib ganz ruhig, sagte sie zu mir, und verdirb nicht alles. Du musst Ruhe bewahren, mehr nicht. Niemand weiß etwas. Hat Dalva das nicht gesagt?

Nach dem Mittagessen rief Seu José mich in sein Büro.

Als ich eintrat, telefonierte er gerade mit einem seiner Angestellten von der Fazenda und bedeutete mir zu warten.

Ich betrachtete die verwelkten Hibiskussträucher draußen vor dem Fenster. Die Blüten waren kaum aufgeblüht, da starben sie auch schon. So war das Leben in Corumbá.

Dalva hat mir erzählt, dass Ihre Verlobte bei der Polizei arbeitet, sagte er, nachdem er aufgelegt hatte.

Ich bejahte. Und fragte in einer plötzlichen Anwandlung, ob wir irgendwie behilflich sein könnten.

Er schaute mich an und schien nach den passenden Worten für das zu suchen, was er mir zu sagen hatte.

Doch dann kam Dona Lu ins Arbeitszimmer. Unglaublich, was Schmerz in einem Menschen anrichten kann. Im Gesicht sind die Verwüstungen am größten. Während ich die völlig zerstörte Frau betrachtete, hörte ich im Geist wieder das Splittern der Knochen des Toten, die Sulamita zertrümmert hatte, ein trockenes Geräusch, fast wie ein Knall.

Lu, sagte der Fazendeiro, seine Verlobte arbeitet bei der Polizei.

Ich weiß, antwortete sie.

Sie blickte erst ihren Mann und dann mich an, ängstlich besorgt, so als befürchte sie eine schlimme Nachricht. Dann bat sie mich auf ihre liebenswürdige Art, sie beide alleine zu lassen.

Sie sprachen so laut, dass ich gar nicht anders konnte. Mitten im Raum blieb ich wie angewurzelt stehen und lauschte. Dalva kam mit dem Kaffeetablett herein und verharrte neben mir. Jetzt hör mir mal zu, sagte Dona Lu, ich will meinen Sohn. Ich habe das Recht, meinen Sohn zu beerdigen, und das werde ich auch, und wenn es das Letzte ist, was ich in diesem Leben tue. Du wirst mich nicht daran hindern. Sie wiederholte es mehrmals unter Schluchzen. Und weinte. Flehte ihren Mann an, auf sie zu hören. Nichts zu unternehmen. Nicht die Polizei zu benachrichtigen. Niemanden um Hilfe zu bitten. Auch nicht mich. Weil nichts, was unternommen würde, und wenn es noch so gut wäre, ihr Júnior zurückbringen würde. Selbst wenn die Polizei den Geisteskranken fände, der imstande war, sie zu erpressen, selbst dann würde Júnior tot sein und bleiben. Lieber würde sie sterben, als darauf zu verzichten, ihren eigenen Sohn zu beerdigen.

Danach hörten wir nur noch ihr Weinen, kein Schluchzen und auch kein Jammern mehr, sondern nur noch die Worte, ich will meinen Sohn, die sie wie ein Gebet oder ein Mantra intonierte.

Auch Dalva weinte. Selbst ich hatte einen Kloß im Hals. Ich brachte sie in die Küche und ging ein weiteres Mal auf die Toilette, um mich zu übergeben. Dieser Szene beizuwohnen war schrecklich gewesen, andererseits wurde ich dadurch etwas gelassener. Sie werden die Polizei nicht benachrichtigen, dachte ich.

An diesem Tag fuhr ich fünfmal zur Apotheke, immer, um Medikamente für Dona Lu zu kaufen. Der Arzt kam zum Hausbesuch und blieb den Nachmittag über bei ihr.

Um sechs Uhr traf ich mich mit Sulamita am Ausgang vom Leichenschauhaus. Ich erzählte ihr in allen Einzelheiten, was geschehen war.

Bist du sicher, dass das alles war?, fragte sie.

Ja, antwortete ich.

Wollte er nicht mehr über meine Arbeit wissen?

Nein, sagte ich. Dazu war keine Zeit. Dona Lu hat unsere Unterhaltung unterbrochen. Aber Dalva hat Fragen gestellt. Ich weiß nicht, vielleicht hat Dalva einen Verdacht. Sie hat sich auch nach meinem Leben in São Paulo erkundigt. Doch das hat womöglich nichts zu bedeuten.

Wir saßen im Wagen. Es war so heiß, dass ich ganz betäubt war.

Und er? Seu José? Meinst du, dass er dich verdächtigt?, fragte Sulamita.

Meine Meinung darüber hat sich im Laufe des Tages bereits mehrmals geändert, erwiderte ich. Ich habe die Frage schon mit Ja und mit Nein beantwortet. Manchmal denke ich, es ist alles so offensichtlich. Du, das Leichenschauhaus. Andererseits weiß ich, wie das ist, wenn man mittendrin steckt und leidet. Man hat einfach keinen Gesamtüberblick über die Lage. Wenn ich zum Beispiel an meine Mutter zurückdenke, glaube ich, dass er mich um Hilfe bitten wird. Das ist aber auch schon alles.

So reich, wie der ist? Warum bittet er nicht den Innenminister um Hilfe?

Weil Dona Lu ihren Sohn beerdigen möchte. Die Polizei könnte das vereiteln. Sie könnte den Entführer verscheuchen.

Wird sie die Polizei nicht benachrichtigen?

Nein. Darauf kannst du wetten.

Wir hatten uns lange unterhalten. Sulamita glaubte, dass die Probleme später auftauchen würden. Es wird der Zeitpunkt kommen, sagte sie, an dem sie die Polizei benachrichtigen müssen. Wenn sie die Leiche erhalten. Für die Beerdigung muss eine DNA-Untersuchung durchgeführt werden. Das ist das normale Prozedere. Die Polizei wird Fragen stellen. Sulamita kannte allerdings einen Angestellten in dem Labor in Brasília, wo sämtliche Untersuchungen der Gegend vorgenommen wurden, und glaubte, dass wir ihn dazu überreden könnten, uns zu helfen.

Wie denn?, fragte ich.

Er verdient sechshundert Real, sagte sie. Einen, der sechshundert Real verdient, kann man zu allem überreden. Man muss bloß zahlen.

Jetzt ist es wichtig, die Strategie des Schweigens zu verfolgen, erklärte sie. Wir gehen für eine Weile auf Tauchstation. Keine Waffe ist tödlicher als das Schweigen.

31

Wenn man ein Verbrechen wie dieses begeht, sind das Problem nicht die anderen. Und noch viel weniger die Realität oder die Indizien. Das Problem ist man selbst. Die Möglichkeit, ins Schleudern zu geraten, wenn einem jemand eine Frage stellt. Die Fehlleistungen. Überreaktionen. Ganz zu schweigen von dem Wunsch, ein Geständnis abzulegen, der sich in manchen Momenten einstellt. Das kommt oft vor, sagte Sulamita. Schuldgefühle richten in solchen Momenten das größte Unheil an. Die Menschen halten die zusätzliche Last, die sie nun mit sich schleppen, schlicht und einfach nicht aus. Sie wollen sie loswerden, um schlafen zu können. Im Grunde genommen haben Geständnisse mehr mit Erleichterung als mit Reue zu tun. Sie wirken wie Balsam. Wie eine Entlastung. Anschließend bereuen die Menschen ihr Geständnis, aber dann ist es zu spät.

Unsere Unterhaltungen im Bett drehten sich stets um Themen dieser Art. Wie wir uns in dieser oder jener Situation verhalten sollten. Das Zauberwort heißt Selbstkontrolle, sagte Sulamita. Permanente Selbstkontrolle.

Insgesamt hielt ich mich recht wacker. Egal, was Dalva fragte und was auch im Haus passierte, ich blieb standhaft, bis wir beschlossen, dass der Moment gekommen war.

An einem Montag gegen einundzwanzig Uhr verließen wir das Haus, nahmen Júniors Handy mit und gingen zum Platz in unserem Viertel.

Der erste Anruf verlief angespannt. Sie wollten wissen, wieso das Telefon ihres Sohnes noch funktionierte. Haben Sie nicht gesagt, Sie hätten meinen Sohn aus dem Wasser geborgen? Sie waren sehr nervös, das nutzte ich aus. Ich sagte, sie hätten ausreichend Beweise, der Umstand als solcher, dass ich von dieser Nummer aus telefonierte, sei Beweis genug, und dass wir zweihunderttausend Dollar für die Leiche wollten.

So viel habe ich nicht, erklärte José Beraba. Und ich weiß nicht mal sicher, ob Sie die Wahrheit sagen.

Innerhalb von weniger als zwei Stunden rief ich noch zweimal an. Ich drohte, wenn sie die Polizei benachrichtigten, würden sie nie erfahren, wo sie den Jungen finden könnten.

Dann ging ich bei einem Eis mit Sulamita die Gespräche noch einmal durch.

Diese Reichen sind wirklich beinhart, selbst in so einer Situation wollen sie noch mit einem handeln.

Der Abend war schwül, und auf dem Heimweg beschlossen wir, eine Flasche Wodka zu kaufen. Sulamita erstand auch Schokolade, Erdnüsse und Kartoffelchips.

Den Rest des Abends verbrachten wir zu Hause und schauten uns ohne Ton einen Science-Fiction-Film an. Manchmal döste ich vom Wodka betäubt ein, schreckte aber gleich darauf wieder hoch, geweckt vom Knallen einer Ohrfeige, einer Art Peitschenhieb in meinem Schlummer.

Als die Peitschenhiebe aufhörten, fiel ich in einen schweren Schlaf und träumte von Rita. Ich war gewillt, sie um Verzeihung zu bitten, doch Rita wollte nichts, als mir die verdammte Ultraschallaufnahme zu zeigen, siehst du den schwarzen Punkt?, fragte sie. Ich konnte nichts erkennen. Das ist unser Kind, sagte sie. Und auf einmal waren wir dabei zu rammeln wie die Köter, auf dem Friedhof, wo Sulamita und ich die Leiche gekauft hatten. Du kannst in mir drin kommen, sagte sie.

Ich erwachte von meinem Orgasmus und fühlte mich hundsmiserabel. Sulamita lag nicht im Bett.

Als ich ins Bad kam, stand sie unter der Dusche, ich habe kein Auge zugetan, sagte sie. Ich sah, dass sie geweint hatte.

Ich zog mich aus, stieg in die Duschkabine, und wir küssten uns. Sie leckte meinen Hals und küsste mich weiter, aber ich glaubte nicht, in dem Moment mit ihr vögeln zu können.

Die Lust kam langsam, blass, wie ein Echo.

Als wir am Morgen das Haus verließen, um zur Arbeit zu gehen, hörte ich Elianas Geschrei. Ich war wütend auf die Witwe und wusste ganz genau, was sich bei ihr abspielte.

Ich bat Sulamita, im Wagen auf mich zu warten.

Als ich in Elianas Küche kam, saß Serafina in der Nähe des Resopaltischs. Einer ihrer Enkel hatte sich schützend vor sie gestellt, um sie vor der Raserei seiner Mutter zu bewahren.

Ich zitierte Eliana nach draußen, um mit ihr zu reden.

Und ließ sie gar nicht erst zu Wort kommen. Siehst du Sulamita dort?, fragte ich und deutete auf meinen Pick-up. Sie hat ein Auge auf dich und lässt dir Folgendes ausrichten: Wenn du Serafina noch einmal auch nur mit dem Finger anrührst, kommt sie und verhaftet dich, kapiert? Weißt du, welche Strafe auf Misshandlung von Indios steht? Das ist ein Verbrechen, bei dem man nicht mit einer Kaution davonkommt, damit du es weißt. Das ist noch schlimmer, als mit Drogen oder seltenen Vögeln zu handeln. Hast du gehört?

Sie blickte mich an und wusste nicht, was sie sagen sollte.

Sulamita winkte uns beiden vom Wagen aus zu.

Als ich losfuhr, fragte Sulamita, ob es ein Problem gebe.

Nein, keins, erwiderte ich.

Wir fahren zur Bank, sagte Beraba gleich beim Einsteigen.

Der Tag fängt gut an, dachte ich, während ich im Auto wartete. Einige Minuten später kehrte er in Begleitung des Geschäftsführers zurück, der einen schwarzen Koffer trug, wie man sie manchmal im Kino für Geldtransporte sieht.

Um vier Uhr bat Dona Lu mich, sie zur Kirche zu fahren. Sie schien besser gelaunt als ihr Mann und erzählte, ihr sei eine Gnade zuteilgeworden, für die sie sich bedanken wolle. Sie wollte sich unterhalten, ich spürte das, aber ich bekam nur Ja und Nein heraus, mir fiel nichts ein, woraus ein Gespräch hätte werden können. Auf der Rückfahrt saß sie mit geschlossenen Augen und einem Rosenkranz in den Händen da.

Mein Magen war noch nicht wieder ganz in Ordnung. Und je länger der Tag dauerte, desto übler wurde mir. Trotzdem achtete ich darauf, Haltung zu bewahren.

Am Abend tat ich, was ich mit Sulamita vereinbart hatte.

Um sieben Uhr rief ich an und redete mit José Beraba. Ich ging darauf ein, das Lösegeld auf den Betrag zu senken, den er vorschlug: einhundertsechzigtausend Dollar.

Auf der Herrentoilette vom Flughafen, erklärte ich, unterhalb des Waschbeckens, werden Sie die Instruktionen finden. Gehen Sie alleine hin. Und legte auf.

Anschließend fuhr ich zur Polizeiwache, um Sulamita zu treffen.

Sie hatte eine Erdbeertorte gekauft und war ihre alten Freunde besuchen gegangen.

Wir haben uns verlobt, erklärte sie, als ich hereinkam.

Wir nahmen die Glückwünsche entgegen. Das gesamte Team war da, aber uns fiel nichts Besonderes auf.

Später lud Sulamita Joel ein, mit uns zu Abend zu essen. Dudu, Caleiros Speichellecker mit dem Gesicht eines alten Weimaraners, kam ebenfalls mit.

In der Runde wurden lauter alte Geschichten aufgewärmt, die ich schon gehört hatte, die sie jedoch liebend gerne aufs Neue erzählten, wie die von dem Tag, an dem Sulamita einen jungen Mann geohrfeigt hatte, als er gerade dabei war, eine Aussage zu machen, ein Vergewaltiger, der sich an uns aufgeilte, sagte sie. Dieser Widerling redete und lachte, fuhr Sulamita fort, als ob es lustig wäre, kleine Mädchen aus ärmlichen Verhältnissen zu vergewaltigen. Genau in dem Moment, wo er gestehen wollte, fügte Joel hinzu, kommt diese Irre hinter ihrem Computer hervor und haut ihm eine runter. Der Kommissar hätte Sulamita umbringen können, sagte Joel und lachte aus vollem Halse.

Auf dem Heimweg berichtete Sulamita mir, dass die Berabas ihren Part der Abmachung erfüllten. Die Polizei weiß von nichts, sagte sie. Du hast es ja gesehen.

Freie Bahn, Over.

32

Sieben Uhr morgens.

In der Bäckerei bestellten wir Kaffee und Brötchen mit Butter.

Die Chancen, bei einem Raub ungeschoren davonzukommen, betragen hundert Prozent, sagte Sulamita. Wenn man jemanden umbringt, liegt die Wahrscheinlichkeit, entdeckt zu werden, lediglich bei fünfzehn Prozent. Das besagen die Statistiken einer Studie aus Rio de Janeiro, las sie weiter vor und zeigte mir die Zeitung.

Wenn es schon in Rio de Janeiro so aussieht, dann ist es im übrigen Brasilien noch sehr viel schlimmer, sagte ich. Corumbá ist eigentlich gar nicht mehr Brasilien, wir sind hier praktisch bereits in Bolivien. Sprich leise, sagte Sulamita. Das Problem ist, dass wir nicht bloß stehlen, fuhr sie fort. Aber wir sind auch keine Mörder, argumentierte ich, wir haben niemanden umgebracht. Nicht so laut, sagte sie. Der Knackpunkt ist, dass wir einer der reichsten Familien von Corumbá eine falsche Leiche andrehen.

Die Übergabe des Lösegelds war der heikelste Teil. Sulamita hatte bei der Festlegung der Details stets die Möglichkeit bedacht, dass die Polizei eingeschaltet werden könnte. Vielleicht weil ich die ganze Zeit mit Dona Lu zusammen verbrachte, war ich mir sicher, dass die Berabas die Behörden nicht um Hilfe bitten würden. Sie wollten den Toten, wollten ihn beerdigen, eine Messe lesen und anschließend regelmäßig das Grab besuchen.

Wer das nicht durchgemacht hat, versteht das nicht, erklärte ich Sulamita mehr als hundert Mal. Du machst dir nicht die geringste Vorstellung davon, was ein Tod ohne Toten bedeutet. Doch, natürlich, sagte sie, es ist wie ein Verbrechen ohne Leiche: Es existiert nicht. Es ist noch mehr als das, sagte ich, es ist, als befände man sich im Fegefeuer. Es gibt Tage, an denen man akzeptiert, dass der Mensch gestorben ist. Dann weint und betet man. An anderen Tagen hört man ein Geräusch an der Tür und ist sich sicher, dass er zurückgekommen ist. Man rennt ins Wohnzimmer, aber da ist niemand. Und wenn mitten in der Nacht das Telefon klingelt, rennt man voller Hoffnung hin. Aber man hört nie auf zu leiden. Und zu glauben. Das Leben hat keine große Bedeutung, aber man kann auch nicht sterben, weil ja immer noch die Möglichkeit besteht, dass die Tür aufgeht oder das Telefon klingelt. Und man möchte da sein, wenn das passiert.

Nach siebzehn mit Drohungen gespickten Anrufen war der Augenblick für die Übergabe des Lösegeldes gekommen. In dieser Nacht taten wir kaum ein Auge zu.

Tags zuvor hatte ich José Beraba angerufen und verlangt, er solle bei der Autoverleihfirma Panorama den Wagen mit dem Kennzeichen 3422 mieten. Sulamita wollte nicht, dass José Beraba die auffälligen Luxuskarossen der Familie bei der Aktion benutzte, und so hatten wir vorsichtshalber die Kennzeichen der im Hof der Mietwagenfirma verfügbaren Wagen überprüft.

Ehe wir uns in der Bäckerei voneinander verabschiedeten, sagte Sulamita mir, dass sie am Ende des Tages den Wagen ihrer Tante für die Aktion mitbringen würde. Es ist besser, du nimmst ihn. Und ich fahre mit dem Taxi, erklärte sie.

Ich ging mit ihr zu Fuß bis zur Bushaltestelle.

Ich liebe dich, sagte sie.

In solchen Momenten fühlte ich mich stets verpflichtet zu sagen: Ich dich auch. Und musste dabei immer an Rita denken. Wer so etwas sagt, behauptete Rita, der empfindet gar nichts.

Da kommt dein Bus, sagte ich zu Sulamita.

Liebst du mich?

Ja, erwiderte ich.

Dann sag es.

Das habe ich doch schon.

Sag: Sulamita, ich liebe dich.

Sulamita, ich liebe dich.

Sie stieg in den Bus und winkte mir lächelnd aus dem Fenster nach. Ich fühlte mich wie ein Schuft.

Als ich zurück nach Hause kam, um den Wagen zu holen, schaute ich, ehe ich zur Arbeit fuhr, noch bei Eliana herein.

Rede mal mit deiner Indiofrau, sagte sie, als ich ihr das Geld zum Einkaufen aushändigte. Jetzt will diese Irre nicht mehr essen, sitzt nur noch da und macht ein dummes Gesicht. Ich habe schon drei Kinder, um die ich mich kümmern muss.

Serafina saß still und traurig auf einem Stuhl in der Ecke der Küche, die hässlichen, groben Hände im Schoß gefaltet. Ich verspürte eine große Zärtlichkeit für sie. Ich kniete mich neben sie und bat sie, noch ein wenig Geduld zu haben. Nur noch ein paar Tage, und dann bringe ich dich von hier fort, sagte ich. Dann wohnst du bei Sulamita und mir.

Sie lächelte. Ich glaube, es war das erste Mal, dass ich Serafina lächeln sah.

In ihrem Mund waren nicht mehr viele Zähne.

33

Der Tag war lang. Heiß. Das Einzige, was ich verspürte, war stumme Anspannung. Ich blieb die ganze Zeit über alleine in der Garage. Keiner wollte etwas von mir, ich tat rein gar nichts, außer mit Dalva Kaffee zu trinken und mich mit dem Swimmingpoolwächter zu unterhalten.

In manchen Momenten war ich mir absolut sicher, dass ich unseren Plan aufgeben sollte. Ich dachte an Dona Lu, daran, wie sehr sie litt und wie sehr all das der Situation ähnelte, die ich mit meiner Mutter erlebt hatte. Die Alternativen waren unrealistisch, dachte ich. Ramírez und Juan umbringen, fliehen und Rita treffen, mir falsche Papiere besorgen. Ich sagte mir, steig aus, Over. Aber es war schon zu spät. Mein heimliches Funkgerät war nicht auf Sendung. War abgeschaltet, Over. Da war niemand mehr in mir drin. Ich hatte das Kommando, ich entschied. Ich ganz allein.

Um acht Uhr abends postierte Sulamita sich am Busbahnhof und hielt Wache.

Eine halbe Stunde zuvor waren wir zu Hause den ganzen Plan noch einmal gründlich durchgegangen, aber sie stellte mir trotzdem weiter die gleichen Fragen.

Bist du dir ganz sicher?, fragte sie am Telefon.

Ja, sagte ich.

Sprich nur das Nötigste. Und verstell deine Stimme. Tu bei jedem Kontakt so, als wenn du heiser wärst. Mach alles genauso, wie wir es verabredet haben. Ich werde per Telefon das Kommissariat überwachen.

Das hast du mir alles schon gesagt.

Ist Júniors Handy ausreichend aufgeladen?

Der Akku ist voll.

Ich liebe dich, sagte sie.

Ich dich auch.

Egal was passiert, wir halten zusammen.

Alles klar, sagte ich. Ich lege jetzt auf.

Um zehn nach acht rief ich José Beraba an und verlangte, er solle unbegleitet zum Busbahnhof fahren und sich zu den öffentlichen Fernsprechern in der Nähe der Fahrkartenschalter begeben. Nehmen Sie den Mietwagen, sagte ich. Unter dem ersten Telefon klebt ein Umschlag, Sie müssen nur die Instruktionen befolgen.

Um Viertel vor neun rief Sulamita mich an. Die Luft ist rein, sagte sie, José Beraba ist alleine. Ich fahre jetzt mit dem Taxi zur Tankstelle.

Die Anweisung in dem Umschlag besagte, dass José Beraba sich zum Supermarkt Krispan begeben und unter dem Papierkorb rechts vom Eingang einen roten Zettel suchen sollte.

Ich selbst wartete auf dem Parkplatz des Supermarkts im Auto von Sulamitas Tante, einem alten Käfer, dessen verdunkelte Scheiben dafür sorgten, dass man mich von draußen nicht sehen konnte.

Unter dem Papierkorb hatten wir folgende Instruktion angebracht:

Nehmen Sie die 26A bis Kilometer 34. Warten Sie den Anruf ab.

Wir hatten eine Art Parcours aufgebaut, denn Sulamita hatte mir gesagt, dass Entführer so vorgingen. Man muss das Opfer in Schach halten, sagte sie, und gleichzeitig überprüfen, wie es sich in den unterschiedlichen Etappen verhält. Wenn er Hilfe von der Polizei haben sollte, werden wir es merken.

Per Telefon gab Sulamita, die sich bereits bei der Tankstelle an der Auffahrt zur 26A befand, mir Bescheid, als sie den Mietwagen von Beraba in Richtung Kilometer 34 vorbeifahren sah.

Zehn Minuten später kam ich bei der Tankstelle an. Atemlos stieg Sulamita in den Wagen, halt dort hinten an, sagte sie und deutete auf einen abgeschiedenen Bereich.

Anschließend rief sie unter dem Vorwand, sie brauche die Telefonnummer eines gemeinsamen Freundes, bei Joel auf der Polizeiwache an. Süße, sagte er, für dich tue ich doch alles. Red nicht lange, Tranqueira, gib mir einfach die Nummer. Ehe sie auflegte, wollte sie noch mit Dudu sprechen.

Das gesamte Team sitzt beim Freitagabendbier, sagte sie, nachdem sie das Gespräch beendet hatte.

Wir warteten einige Minuten, dann rief ich José Beraba erneut auf seinem Handy an. Ich befahl ihm, zu Fuß bis zur dritten Straßenlaterne zu seiner Linken zu gehen, wo sich unter einem rechteckigen Stein ein Umschlag mit weiteren Anweisungen befände.

Stets die kriminaltechnischen Untersuchungen im Hinterkopf, hatte Sulamita an dem Nachmittag sämtliche Zettel vorbereitet. Auf den letzten hatte sie geschrieben: *Bei Kilometer 42 in die Ortsverbindungsstraße einbiegen. Dann vierhundert Meter Richtung Riacho Verde fahren und anhalten. Mit ausgeschaltetem Licht warten.*

Wir fuhren zu der Ortsverbindungsstraße über einen Seitenweg, der von der verlassenen Fazenda abging, auf der wir unsere Leiche vergraben hatten. Von dem Seitenweg konnte man aus der entgegengesetzten Richtung der 26A zum Riacho Verde, einem Bach, gelangen. Wir stellten den Wagen hinter einem Waldstück ab und warteten, den Blick auf die niedriger gelegene Straße gerichtet. Von dort aus konnten wir jedes näher kommende Fahrzeug erkennen.

Minuten später sahen wir einen Wagen in die Ortsverbindungsstraße einbiegen und die Lichter ausschalten. Ich rief abermals José Beraba an.

Ich bin schon da, sagte er. Es ist sehr dunkel, ich kann nichts sehen.

Fahren Sie dreihundert Meter, bis Sie an eine Wegkreuzung kommen. Warten Sie im Wagen, wie ich es Ihnen gesagt habe. Bei abgeschaltetem Licht.

Ich zog mir die Maske über und verabschiedete mich von Sulamita. Warte, bis ich das Licht angeschaltet habe, sagte ich, ehe ich mich zu Fuß auf den Weg machte.

Ich hatte die Strecke mit Sulamita schon dreimal zurückgelegt, aber nachts war es etwas anderes. Aus Angst zu stürzen passte ich genau auf, wohin ich trat. Die Dunkelheit war jedoch unsere Versicherung. Falls sich irgendein Fahrzeug näherte, würden wir die Aktion abbrechen. Ich brauchte über zehn Minuten, um zu der Wegkreuzung zu gelangen.

José Beraba saß im Auto. Erst jetzt knipste ich die Taschenlampe an und gab ihm ein Zeichen. Den Lichtkegel hielt ich auf das Gesicht des Fazendeiros gerichtet und blendete ihn. Sobald er aus dem Auto ausgestiegen war, fragte ich ihn, wo das Geld sei.

Im Koffer auf dem Beifahrersitz, antwortete er.

Ich knipste die Taschenlampe aus, ging zum Wagen und öffnete und schloss die Tür zweimal, so als wären noch weitere Leute bei mir.

Rufen Sie nicht die Polizei, sagte ich. Und lassen Sie Ihr Telefon eingeschaltet.

Und mein Sohn?, fragte er.

Sie erhalten weitere Anweisungen.

Ich sagte noch, er solle bis zur nächsten Hauptstraße gehen. Es ist eine Stunde Fußweg.

Ich schaltete das Licht an und raste los. Mir war, als hätte ich weder Beine noch Arme, Reifen, Lenkrad, Kopf, Ideen, nichts, nur noch mein wild schlagendes Herz. Ich musste an die CD denken, die Rita mir zwei Tage zuvor geschickt hatte. Wie immer ohne Absender. Darauf befand sich ein Ultraschallbild, auf dem besagter schwarzer Punkt zu erkennen war, nun jedoch mit Ton. Tum tum tum, das kleine Geschöpf pulsierte. Eine halbe Stunde lang hatte ich in einem Internetcafé im Stadtzentrum gesessen und dem Pochen gelauscht. Nun, hinter dem Lenkrad in der Finsternis, fühlte ich mich wie dieser schwarze Punkt, nichts als ein Herz im Dunkeln. Das pochte.

Sulamita erwartete mich an der vereinbarten Stelle in dem Käfer. Ich parkte daneben unter einem Baum. Nichts regte sich, niemand. Es ist alles ruhig, sagte sie und kam zu meinem Fenster. Ich zog mir Handschuhe über, öffnete den Koffer und packte das Geld in den Müllsack, den Sulamita mir gebracht hatte.

Dann ließ ich den Koffer in dem Mietwagen zurück und legte den Schlüssel oben auf einen der Reifen, so wie Parkwächter es machen.

Mit einem Flanelltuch wischte Sulamita Armaturenbrett und Schlösser ab, um meine Fingerabdrücke zu beseitigen.

Auf dem Heimweg rief ich José Beraba ein weiteres Mal von Júniors Handy aus an und erklärte ihm, wo er sich den von ihm gemieteten Wagen holen könnte und wo ich den Autoschlüssel deponiert hatte.

Wenn Sie weiterhin kooperieren, sagte ich, werden Sie Ihren Sohn bald zurückhaben.

Um zwanzig nach zehn waren wir wieder bei mir zu Hause.

Sulamita kippte das Geld auf dem Bett aus und sagte, Wahnsinn. Wahnsinn, wiederholte sie immer wieder, während sie um das Bett herumlief.

34

Guten Morgen, Pantaneiro, sagte Sulamita, als wir am Samstag aufwachten. Alles, was ich jetzt, wo wir quasi reiche Leute sind, möchte, ist ein bisschen Frieden, erklärte sie.

Nachdem wir ihrer Tante das Auto zurückgebracht hatten, gingen wir in Shorts und Sandalen mit einer Einkaufsliste, die Sulamitas Mutter uns am Telefon durchgegeben hatte, auf den Markt.

Mein Schwiegervater hatte Bier im Kühlschrank kalt gestellt, und wir verbrachten den Samstag mit Grillen.

Ich habe dich noch nie so viel trinken sehen, sagte der Alte zu Sulamita.

In solchen Momenten war Regina glücklich, sie schrie und

strampelte wie ein im Käfig eingesperrtes Tier. Manchmal beunruhigten ihre Schreie mich. Du musst deine Schwester besänftigen, bat ich Sulamita dann.

Gegen zehn Uhr abends hatten wir es uns im Wohnzimmer auf dem Sofa vor dem Fernseher gemütlich gemacht, als Sulamita mir die Arme um den Hals legte und sagte, sie wolle tanzen gehen.

Wo denn?, fragte ich.

Was weiß ich, irgendwo.

Ich habe Nachtlokale stets gehasst. Du verstehst mich nicht, sagte sie. Ich brauche das. Es ist mir ein wirkliches Bedürfnis.

Ich wartete, bis Sulamita geduscht und sich angezogen hatte, und dann fuhren wir zu einer Diskothek in der Stadt, einem Backofen mit Technomusik, die mir die Gehörgänge zerlöcherte. Sie ließ sich weiter volllaufen und verschwand irgendwann in der Menge. Ich fand sie erst eine halbe Stunde später wieder; sie tanzte ganz für sich, mit geschlossenen Augen, ohne auf die Musik zu achten. Als ich näher kam, sah ich, dass sie weinte. Es reicht, Sulamita, sagte ich, wir haben genug gefeiert.

Am Sonntag wachte ich mit einem dumpfen Schmerz im Nacken und trockener Zunge auf, als hätte ich Erde gegessen. Meine Augen brannten, und ich vermochte kaum, mich im Bett aufzusetzen. Frisch geduscht brachte Sulamita mir eine Tasse Kaffee, den Serafina gekocht hatte. Sie war auf dem Sprung zu ihrem Bereitschaftsdienst im Leichenschauhaus.

Ruf jetzt an, sagte sie, ich möchte, dass alles erledigt ist, wenn ich losgehe.

Um Punkt zwölf rief ich José Beraba an und erklärte ihm genau, wo Júniors Leiche vergraben lag. Es steht ein fünfzig Zentimeter hoher weißer Pflock an der Stelle, sagte ich.

Er schwieg.

Hören Sie mich?, fragte ich.

Ja, ich höre, antwortete er. Und kann es kaum glauben. Du Dreckskerl willst, dass ich meinen eigenen Sohn ausbuddele?

Unbarmherzig legte ich auf.

Was sollen wir seiner Meinung nach denn tun?, fragte ich Sulamita. Ihm die Leiche nach Hause liefern? Sie mit der Post schicken?

Sie seufzte.

Lass Júniors Handy verschwinden, sagte sie. Wirf es in den Fluss. Ich gehe jetzt. Ich muss dort sein, wenn alles losgeht. Und so trugen die Dinge sich zu:

José Beraba fuhr mit Dona Lu zu der von uns genannten Stelle. Von dort rief der Fazendeiro, noch ehe er die Grube öffnete, Pedro Caleiro an und bat den Kommissar, sich an Ort und Stelle mit ihm zu treffen.

Nachdem Pedro Caleiro im Bilde war, worum es ging, rief er Joel und Dudu und außerdem das Bergungsteam an.

Um fünf war der Tote bereits im Leichenschauhaus, ich selbst habe ihn in Empfang genommen, erzählte Sulamita mir, als sie um elf Uhr abends vom Bereitschaftsdienst zurückkehrte.

Nun saßen wir uns auf meinem Bett Hand in Hand gegenüber.

Was wissen sie?, fragte ich.

Ich kenne Joel gut und weiß, dass er Verdacht geschöpft hat. Caleiro und Dudu habe ich ausgehorcht. Die beiden haben mir gesagt, dass die Familie noch nicht genau erklärt hat, wie die Leiche gefunden wurde. Was hat das zu bedeuten?

Wenn es nach Dona Lu geht, erwiderte ich, werden sie nicht das übliche Prozedere befolgen.

Irrtum, sagte Sulamita. Bereits für morgen ist ein Termin anberaumt, bei dem von der Familie DNA-Proben zur Identifizierung des Toten genommen werden sollen. Ich muss irgendwie bewerkstelligen, dass ich dafür abgestellt werde, die Proben nach Brasília ins Labor zu bringen.

Und wenn das nicht gelingt?

Ich fahre in jedem Fall hin, und wenn es heimlich und auf eigene Faust ist. Mein Eindruck ist, fuhr sie fort, dass José Beraba nicht mit offenen Karten spielt. Aber ich kann mich irren. Vielleicht weiß Pedro Caleiro alles und will die Ermittlungen geheim halten, so was kommt auch vor. Übrigens ist Pedro Caleiro die ganze Zeit über im Leichenschauhaus geblieben, was ebenfalls nicht üblich ist.

Was machen wir nun?, wollte ich wissen.

Bis sie die Proben genommen haben, gar nichts.

Und dann?

Läuft alles so weiter wie bisher. Unser Schicksal liegt nach wie vor in den Händen meines Freundes.

Sie meinte damit den Mann in dem Labor in Brasília, der die Gutachten verfasste und den wir versuchen würden zu bestechen.

Und was, wenn er sich nicht darauf einlässt? Und was, wenn er uns denunziert? Ich bombardierte Sulamita mit Fragen. Doch im Gegensatz zu mir schien sie sich wegen der Untersuchungen keine Sorgen zu machen. Was ihr viel mehr Kopfschmerzen bereitete, war das Verhalten von Joel. Er hat so merkwürdiges Zeug geredet, sagte sie. Hat Fragen zu deiner Arbeit gestellt. Und dann noch finanzielle Schwierigkeiten erwähnt, die er gerade hätte. Komisch, nicht?

35

Am nächsten Tag rief Sulamita mich sofort an, als sie gegen sieben Uhr morgens zur Arbeit kam. Klar ist, dass hier die Nacht über Hochbetrieb geherrscht hat, sagte sie. Bei Rosana lagen Röntgenaufnahmen von Júniors Gebiss auf dem Tisch, aber das wird nichts nützen, ich habe ja den Kiefer zertrümmert, ehe wir die Leiche vergraben haben. Nur, wie sind sie in der Sonntagnacht an die Aufnahmen gekommen? Anders als wir vermutet haben, kooperieren die Berabas offenbar doch mit ihnen. Sie haben den Zahnarzt angerufen. Die Frage ist bloß: Welche Version haben sie der Polizei erzählt? Was weiß Pedro Caleiro?

Sulamita zufolge gab es noch einen weiteren erschwerenden Umstand. Rosana, die verantwortliche Rechtsmedizinerin, hatte keinerlei Informationen an sie weitergegeben. Wir sprechen sonst immer über die Fälle, sagte sie, aber dieses Mal habe ich eine gewisse Zurückhaltung gespürt.

Nachdem ich versprochen hatte, die Lage zu sondieren und vor allem keine Dummheit zu begehen, legten wir auf. Ich muss sicher sein können, sagte Sulamita, dass du dich im Griff hast.

Das Aufstehen fiel mir schwer, die Nacht war wirklich die Hölle gewesen. Wir hatten bis spät geredet, geplagt von quälenden Fantasien über lauter bisher nicht in Betracht gezogene Möglichkeiten. Und was, wenn an der Stelle, wo wir die Leiche vergraben hatten, Fußspuren zurückgeblieben waren? Was, wenn wir abgehört wurden? Wenn jemand uns gesehen hatte? Wenn die Polizei schon die ganze Zeit über alles Bescheid wusste?

Irgendwann war ich so verzweifelt, dass ich Sulamita zu überreden versuchte, uns zu stellen. Wir würden das Lösegeld zurückgeben, und ich würde Ramírez anzeigen. Du hast selbst gesagt, das perfekte Verbrechen gibt es nicht, sagte ich zur Begründung. Sie werden es herausfinden.

Aber es gibt schlecht geführte Ermittlungen, hatte sie entgegnet, ich als Insiderin weiß das. Ich kriege viel Schlamperei mit. Ich weiß, wie die Dinge laufen. Es gibt viele Arten und Weisen, Ermittlungen zu sabotieren.

Sulamita hatte mich morgens bereits beruhigen können, als sie mir versichert hatte, es wäre überhaupt nicht schlimm, wenn wir verdächtigt würden. Niemand kommt ins Gefängnis, bloß weil er wegen einer Straftat verdächtigt wird, hatte sie gesagt. Beweise werden sie jedenfalls keine finden.

Ich fühlte mich dem, was noch vor uns lag, kaum gewachsen, trotzdem befolgte ich minutiös ihre Ratschläge.

Früher als sonst kam ich bei den Berabas an. Der Swimmingpool war von Blättern übersät, sie zu entfernen war eine Beschäftigung, die mich beruhigte. Vom Beckenrand aus nahm ich mit einem langstieligen Kescher eine gewissenhafte Reinigung vor.

Dalva brachte mir einen Kaffee. Sie haben Júnior gefunden, sagte sie verstört. Hat Sulamita dir etwas erzählt?

Nein, nichts, sagte ich und klopfte das Sieb auf dem Rasen aus.

Was denkt sie über die ganze Sache?

Sie hatte gestern Bereitschaftsdienst, antwortete ich. Wir sind nicht dazu gekommen, uns darüber zu unterhalten.

Dalva blickte mich an, als glaube sie mir nicht.

Hast du sie denn nicht gefragt?

Ich legte den Kescher beiseite und seufzte.

Die haben bei der Polizei doch bestimmt ihre Geräte, sagte Dalva, was weiß ich, irgendwas, um herauszufinden, ob es tatsächlich Júnior ist. Ich sehe das immer im Fernsehen.

Meine Rettung war Dona Lu, die mich von Júniors Fenster aus herbeiwinkte.

Nervös ging ich ins Haus. Meine Gedanken sprangen von dem pochenden schwarzen Punkt in Ritas Bauch zu Sulamitas flinken Händen, die dem Toten die Knochen brachen, derweil ich mir im Stillen immer wieder sagte, dass sie nichts wussten, Over, ich hatte niemanden umgebracht, sie konnten mich unmöglich fassen.

Dona Lu sah besser aus als sonst. Sie fragte mich, ob ich schon die Neuigkeit gehört hätte, und noch ehe ich antworten konnte, riss sie die Türen des Wandschranks in Júniors Zimmer auf und erklärte, sie habe beschlossen, die Sachen ihres Sohnes einer mildtätigen Einrichtung zu spenden. Suchen Sie sich aus, was Sie möchten, sagte sie, bevor sie mich alleine ließ. Sie haben die gleiche Größe.

Während ich ein paar Kleidungsstücke, Hosen, Hemden auswählte, musste ich daran denken, dass meine Mutter, als sie starb, den Kleiderschrank ihres Mannes, meines Vaters, nach dessen Verschwinden zwanzig Jahre lang nicht angerührt hatte. Eigentlich stirbt Júnior erst in diesem Moment, dachte ich beim Anprobieren eines roten T-Shirts und freute mich für Dona Lu. Schon jetzt konnte man in ihrem Gesichtsausdruck eine gewisse Erleichterung feststellen. Endlich ist sie frei, dachte ich.

Und dann sah ich durchs Fenster Kommissar Pedro Caleiro in Begleitung von Joel und Dudu durch den Garten kommen.

Ich stürzte ins Bad, drehte den Wasserhahn auf, spritzte mir kaltes Wasser ins Gesicht und versuchte mich zu beruhigen. Das ist nicht die einzige Untersuchung, die wir vornehmen, hörte ich Minuten später jemanden sagen. Júniors Bad lag direkt neben José Berabas Arbeitszimmer, von beiden aus gelangte man in den Garten vor dem Haus. Vorsichtig schloss ich die Tür und öffnete das Badezimmerfenster, aber selbst so war es unmöglich, genau zu verstehen, was sie redeten.

Ich ging zurück ins Zimmer und rief Sulamita an.

Du musst sie irgendwie belauschen, sagte sie. Ich habe schon gehört, dass José Beraba sie einbestellt hat. Vermutlich werden sie über die Untersuchungen reden. Versuch es herauszufinden.

Ich legte auf, nahm wahllos einige Kleidungsstücke aus dem Schrank, legte sie im Gartenhäuschen ab und bot dem Swimmingpoolwächter an, ihm im Garten zu helfen.

Mit der Rasenschere bewaffnet begab ich mich in die Nähe des Fensters von José Berabas Arbeitszimmer, nicht allzu dicht, um nicht aufdringlich zu wirken. Viel konnte ich nicht verstehen, lediglich einzelne Wörter und Satzfetzen. Meine Frau lebt nur noch von Beruhigungsmitteln. Ermittlungen intensivieren. Unpassend. Beamte. Andere Lösungsweise. Beamte. Vernehmungen. Dalva. Interessen. Beamte.

Alarmiert wurde ich durch das Wort Beamte, das mehrfach fiel. Stets aus dem Mund von Pedro Caleiro.

Und während ich in der Hocke saß und so tat, als würde ich den Rasen schneiden, sah ich plötzlich Joels Stiefel auf mich zukommen. Ach, du kümmerst dich auch um den Garten?, fragte er.

Schnell stand ich auf und spürte, wie mir schwarz vor Augen wurde.

Ich helfe nur, antwortete ich.

Es ist toll, wenn man Freunde hat, die einem helfen, sagte er.

Joels Gehabe gefiel mir ganz und gar nicht. Ein wenig arrogant, die Hände in den Hüften, sah er mich nicht direkt an.

Das ist meine Arbeit, erklärte ich.

Wer redet hier denn von Arbeit?, fragte er und grinste boshaft. Ich rede von Freunden. Echten Freunden. Menschen, die einem zur Seite stehen. Ich selbst habe eine Menge Freunde. Sulamita zum Beispiel. Sie ist meine Freundin. Das heißt, ich glaube jedenfalls, dass wir Freunde sind.

Und er lachte.

Was habt ihr denn am Wochenende so gemacht?

Wir waren tanzen, sagte ich.

Er sah mich misstrauisch an.

Eine makabre Geschichte, was?

Sehr makaber, sagte ich.

Wir werden dich zur Aussage vorladen müssen, erklärte er.

Ich ließ mich immer noch nicht aus der Ruhe bringen.

Dalva erschien im Garten und bat mich, das Auto für Dona

Lu bereitzustellen. Ich verabschiedete mich von Joel und ging Richtung Garage. Mein Herz raste.

Beerdigungsinstitut Martins e Filhos.

Urnen, Blumengebinde, Kerzenleuchter, Rosenkränze, die Sachen waren ausgestellt wie Haushaltsgeräte. Nicht mal der Tod ist vor der Vermarktung sicher. Manche Leute legen sich sogar zur Probe in den Sarg. Das erklärte mir der Sohn von Martins, während ich draußen vor der Tür auf Dona Lu wartete. Ich wollte alleine sein, Sulamita anrufen, hören, was zum Teufel los war, aber der Kerl redete ohne Punkt und Komma, und als er endlich begriff, dass ich auf sein Geschwafel keine Lust hatte, winkte Dona Lu mich zu sich, um sie zu beraten.

Gefällt er Ihnen?, fragte sie mich und deutete auf einen dunklen, übertrieben verzierten Sarg.

Ich würde lieber diesen hier nehmen, antwortete ich.

Sie haben recht, er ist unaufdringlicher, sagte sie.

Anschließend fuhren wir in die Kirche, wo sie eine Verabredung mit Pater Alfredo hatte, um mit ihm die Totenwache und die Messe zu besprechen. Kommen Sie mit hinein, sagte sie, als ich parkte, vielleicht brauche ich Ihre Hilfe.

Obgleich ihr Verhalten nicht darauf schließen ließ, dass sie mich im Verdacht hatten, konnte ich mich nicht beruhigen. Was hatte Joel mit seinem Gerede über Freunde andeuten wollen? Was wusste er?

Zurück im Haus der Berabas wartete ich lediglich ab, bis Dona Lu aus dem Wagen ausgestiegen war, und rief Sulamita an.

Es ist keiner da, sagte die Telefonistin. Sie sind alle zu einer dringenden Besprechung ins Kommissariat bestellt worden.

36

Wollt ihr wissen, was ich mit diesem Mistding machen werde? Wollt ihr es wirklich wissen?

Ich stand am Fenster, außer mir, ein Messer in der einen und den Fußball, mit dem sie gespielt hatten, in der anderen Hand. Von der Straße herauf schauten die Jungs mich erschrocken an. Wutentbrannt stach ich an verschiedenen Stellen auf ihr Spielzeug ein und warf die schlaffe Lederhülle zurück hinunter auf den Asphalt.

Mensch, sagte einer der kleinen Indiojungen, das war ein Profifußball. Alceu hat ihn uns gekauft.

Es war schon nach acht, und die Knirpse hatten gerade die Scheibe von meinem Fenster zerdeppert. Meistens war ich den kleinen Guatós gegenüber geduldig. An diesem Abend jedoch lagen meine Nerven blank. Nach meinem Ausbruch war das Gejohle vorbei, nur ein trauriges Miauen war noch zu vernehmen, während ich herauszufinden versuchte, was mit Sulamita passiert war. Ich hatte über zwanzig Mal im Leichenschauhaus angerufen, aber sie war von besagter Besprechung noch immer nicht zurück. Was war da los? Weshalb hatte sie ihr Handy ausgeschaltet?

Ich lief im Zimmer mit dem Gefühl umher, das Unglück stehe unmittelbar bevor. Die Knirpse riefen mich zum Fenster und wollten mit mir reden. Oje, sagten sie. Sagten, entschuldige bitte. Oje. Sagten, Caramba. Am Ende gab ich ihnen Geld für einen neuen Ball, aber spielt woanders damit, sagte ich.

Kurz darauf rief Sulamita an, komm auf die Polizeiwache, verlangte sie. Es ist noch nicht mal als Angst zu bezeichnen, was ich während der Fahrt empfand. Es war eher so etwas wie ein

Blackout, eine Art Kollaps, ich schwitzte, zitterte, mein Herz raste, vielleicht, so dachte ich, kriege ich einen Infarkt. Der Reporter im Radio meldete: São Paulo immer noch überschwemmt. Ich stellte mir die Leute in den Armenvierteln vor, das Wasser bis zur Taille. Auf den Avenidas treibende Möbel. Kühlschränke, Fernseher. Ja, manche werden alles verlieren. Der Reporter sagte: In Malaysia sind drei muslimische Frauen wegen Ehebruchs ausgepeitscht worden. Ich sah vor mir die Striemen auf ihrer Haut. Der Reporter meldete: Die Kommission für Verfassung, Justiz und Bürgerrechte des brasilianischen Bundessenats hat den Antrag auf das Amtsenthebungsverfahren gegen den Gouverneur genehmigt. So weit, so gut, dachte ich. Ich bin nicht in São Paulo. Bin kein Moslem. Bin nicht Gouverneur.

Als ich parkte, stand Joel in der Tür der Polizeiwache.

Kommst du, um dich zu stellen?, fragte er.

Für einen Moment kam mir der Gedanke, Sulamita könnte mich hintergehen. Aber dann lachte Joel schallend los. Du Glückspilz, sagte er.

Ich weiß nicht, wie lange ich in meinem Pick-up wartete, Joel ließ mich jedenfalls nicht eine Sekunde lang aus den Augen, während er vor der Tür stand und rauchte. Als Sulamita eingestiegen war, fuhr ich abrupt los und schrie, kaum dass wir um die Ecke gebogen waren, verdammt noch mal, was soll das, wie kannst du so etwas mit mir machen? Wo bist du gewesen? Was zum Teufel ist los? Ich hämmerte mit der Faust aufs Armaturenbrett.

Sie haben die Sache eingestellt, erklärte Sulamita und holte ein Bündel Geldscheine aus der Tasche, das sie soeben erhalten hatte.

Leichenblass hielt ich am zentralen Platz der Stadt an, um mir den Rest der Geschichte anzuhören. Ich habe erfahren, dass die Ermittlungen bereits am frühen Nachmittag eingestellt worden sind, erklärte Sulamita. Ich hatte sogar schon meinen Freund in Brasília angerufen. Zum Glück habe ich ihm nicht gesagt, worum es ging.

Dudu war derjenige gewesen, der die Besprechung auf der Polizeiwache einberufen hatte. Caleiro war da, sagte sie, und sie haben Fragen gestellt, über dich, über uns beide, und so weiter und so fort. Sie haben geredet und geredet und eigentlich nichts gesagt. Dann habe ich gefragt, wann wir die DNA-Proben der Familie für die Untersuchungen in Brasília bekommen würden. Da haben die beiden sich noch mehr verhaspelt. Sie meinten, wir müssten die Gefühle der Familie respektieren und dergleichen Blabla, bis ich schließlich kapierte, weshalb sie mich dazugerufen hatten. Beraba höchstpersönlich will nicht, dass eine Untersuchung zur Identifizierung der Leiche vorgenommen wird. Er möchte seine Frau schonen.

Die Untersuchung findet nicht statt?

Die Reichen haben ihre eigenen Gesetze. Der Fall ist erledigt. Und als Angehörige des Teams muss ich den Mund halten. Sie wollten bloß meinen Preis wissen. Wir haben angefangen zu verhandeln. Wenn ich das so erzähle, könnte man auf die Idee kommen, dass wir wie die Händler beim Verkaufen gefeilscht hätten. Aber so was läuft ganz subtil. Diese Typen verstehen etwas von Bestechung. Sie sind sehr tüchtig darin und machen es auf eine Weise, dass man eigentlich gar nicht merkt, dass man geschmiert wird. Man glaubt geradezu, dass man ihnen einen Gefallen tut. Ihnen hilft. Das Wort Geld fiel zu keinem Zeitpunkt. Wir haben von Zulage und Kooperation gesprochen. Von Erleichterung. Von beiderseitigen Vorteilen. So funktioniert das in diesem Land.

Und Joel?, fragte ich.

Er hat mich gleich, als ich auf der Wache eintraf, in eine Ecke gezogen und mich gefragt, wer meine Komplizen seien. Einfach so, aus dem Nichts. Mit einem Gesicht, als würde er Spaß machen. Aber mit ernster Stimme, weißt du? Ich habe geantwortet, mein Komplize sei der Besitzer einer Schrotthandlung, ein

Drogendealer. Du hättest mal sein Gesicht sehen sollen. Er ist sofort eingeknickt. Er hat meine Anspielung sofort verstanden.

Das war's?, fragte ich.

The end, antwortete sie.

Wir schwiegen einen Augenblick, Hand in Hand.

Gib mir einen Kuss, sagte sie, und bring mich nach Hause.

Zuvor machte ich die Fenster auf. Ich brauchte Luft.

37

Der Koffer wurde geöffnet, die Dollar lagen darin. Sechzigtausend.

Wollüstig machte Juan sich daran, sie zu zählen. Es war ein widerwärtiger Anblick. Systematisch blätterte er die Notenbündel durch und stapelte die Scheine aufeinander, wobei er stets seine Finger mit Spucke benetzte, als würde er sich etwas Köstliches schmecken lassen.

Ramírez blickte mich zufrieden an. Sein aus der Form geratenes, widerspenstiges Haar sah jetzt wie eine große, unbrauchbare alte Bürste aus.

Setz dich, Porco, sagte er. Möchtest du was trinken?

Ich dankte.

Komisch, sagte er, ich habe deinen Namen vergessen.

Du kannst mich ruhig weiter Porco nennen, entgegnete ich.

Klar, Porco. Jetzt wo wir einander vertrauen, können wir dein Geschäft ausbauen, Porco, sagte er.

Wir lächelten.

Wir saßen in der Küche seines Labors in Puerto Suárez. Ramírez erklärte, Corumbá sei lediglich die Anlaufstelle für das Kokain aus Bolivien, sämtliche Drogen aus Kolumbien wurden über Paraguay nach Brasilien eingeschmuggelt. Wir können dein Geschäft ausbauen, wiederholte er und fügte hinzu, dass sie jetzt einen Partner in Paraguay hätten und jemanden wie mich benötigten, um den Stoff nach Brasilien einzuschleusen. Ich brauche keine Kuriere, sagte er, ich brauche kluge Köpfe. Für dich ist das ein Riesengeschäft, erklärte er, die Auslieferung aus Paraguay ist sehr kompliziert. Ich garantiere dir, da ist keinerlei Risiko dabei.

Ich war nicht im Geringsten an dem interessiert, was Ramírez erzählte, aber er redete trotzdem weiter, während ich weiter in der Zeitung las, die ich mitgebracht hatte und in der ein Artikel darüber stand, wie Júniors Leiche gefunden worden war. Die offizielle Version besagte, dass ein Bauer einen merkwürdigen Geruch auf seinem Land bemerkt und den Toten in einem Gehölz entdeckt hatte. Die Polizei glaubte, dass Júnior verletzt das Flugzeug verlassen hatte und bei dem Versuch, Hilfe zu suchen, gestorben war.

Ich las weiter in der Zeitung, doch Ramírez' Mund stand nicht still. Jedes zehnte Wort war Porco. Bruder Porco. Porco, mein Freund. Ich überflog die anderen Überschriften. *Von Burka verhüllte afghanische Frau zeigt nach Wahl schmutzigen Finger vor.* Verdammt. Noch nie zuvor hatte ich so viele hässliche Wörter auf einem Haufen gesehen, dachte ich. Burka. Schmutziger Finger.

Es stimmt alles genau, sagte Juan. Er war mit dem Geldzählen fertig.

Bevor ich hinausging, legte Ramírez mir die Hand auf die Schulter und bat mich, über seinen Vorschlag nachzudenken. Er sagte noch, dass er Moacir tatsächlich nicht getötet hätte. Ich habe erfahren, dass er sich wirklich selbst umgebracht hat, erklärte er.

Es ist traurig, aber wahr, Porco, sagte er. Die Guten müssen am Ende immer dran glauben.

Jetzt sitzt mir keiner mehr im Nacken, dachte ich, während ich zurück nach Corumbá fuhr. Frei, Over.

38

Die Totenwache war ein Großereignis.

Der Sarg war verschlossen, und das Blumenmeer war so immens, dass man bereits vor der Kirche den süßlichen Blütenduft riechen konnte.

Die gesamte Stadt war gekommen. Die meisten Leute hatten keinerlei Beziehung zu der Familie, waren Neugierige, die im Fernsehen die Nachrichten verfolgt hatten und die zu ihrem Vergnügen dort waren. Es gab Ehrungen, und es wurde geweint.

Dona Lu nahm die Beileidsbekundungen entgegen, und ich konnte hinter der Trauer und der Beherrschung in ihrem Gesichtsausdruck einen gewissen Frieden erkennen.

Sulamita und ich gingen auch zur Beisetzung am darauffolgenden Vormittag.

Es war ein sonniger Tag.

Mir entging nicht, dass der Totengräber, der Júnior beisetzte, derselbe war, der uns die Leiche verkauft hatte.

Am Ende der Zeremonie sprachen wir Dona Lu und Seu José unser Beileid aus.

Vielen Dank, sagten sie.

Hand in Hand schlenderten wir durch die Alleen des Friedhofs und spürten die Sonne, die heiß auf unsere dunkle Trauerkleidung schien.

39

Als ich am nächsten Morgen zur Arbeit kam, war Dona Lu in T-Shirt und Jogginghose im Garten beschäftigt. Ich werde Azaleen pflanzen, sagte sie.

In der Küche bot Dalva mir nicht wie sonst Kaffee an. Als ich sie um eine Tasse bat, deutete sie auf die Thermoskanne und sagte, gieß dir selber welchen ein, ich habe zu tun.

Irgendwas nicht in Ordnung?, fragte ich.

Sie lächelte so merkwürdig, leicht ironisch, und sagte, José Beraba erwarte mich in seinem Büro.

Ich fand ihn hinter seinem Schreibtisch bei der Arbeit. Er wünschte mir weder guten Morgen, noch schaute er hoch, um mit mir zu sprechen.

Hier ist Ihre Kündigung, sagte er, Sie müssen die Papiere nur noch unterschreiben. Von heute an sind Sie nicht mehr mein Angestellter.

Mir lag eine Frage auf der Zunge, aber er schnitt mir das Wort ab: Hören Sie gut zu, was ich Ihnen sage. Sie gehen jetzt hinaus, rufen Dona Lu und erklären ihr, dass Sie um Ihre Kündigung gebeten haben. Sie werden ihr sagen, dass Sie ab heute nicht mehr hier arbeiten können, dass Sie heiraten werden, dass Sie Krebs haben, oder denken Sie sich sonst irgendeine Lüge aus.

Wie gelähmt blickte ich auf den Scheck und die Kündigung.

Unterschreiben Sie hier, verlangte er.

Während ich die Quittungen unterschrieb, sprach José Beraba weiter. Ich brachte es nicht fertig, ihm ins Gesicht zu sehen.

Wenn meine Frau nicht wäre, sagte er, meine geliebte Frau, wenn es nicht um ihre Gesundheit ginge, das schwöre ich Ihnen, dann wäre das alles hier ganz anders ausgegangen. Dann hätte ich Ihnen höchstpersönlich eine Kugel in Ihre zynische Visage gejagt.

Ich reichte ihm die Papiere.

Und jetzt verschwinde aus meinem Haus, du Wurm. Das nämlich bist du. Ein Wurm.

Er wartete nicht ab, bis ich gegangen war, sondern ließ mich dort stehen. Das Echo seiner Stiefel auf dem Parkett hallte mir in den Ohren.

EPILOG

Ein Jahr später

Der Kuh ging es anscheinend nicht gut, ich machte mir Sorgen. Dona Lu hatte sie uns zur Hochzeit geschenkt, es war eine Zuchtkuh, und ich wollte kein Risiko eingehen.

Hol ein Seil, sagte ich zu meinem Schwiegervater.

Regina, die mit Serafina in den Stall gekommen war, um bei der Geburt dabei zu sein, schrie aufgeregt. Bring sie hier weg, sagte ich zu Serafina, wir wollen die Kuh nicht noch mehr in Unruhe versetzen.

Mein Schwiegervater kam mit dem Seil, und wir schnürten dem Kalb die Vorderläufe, die schon halb aus dem Mutterleib ragten, zusammen. Vorsichtig zog ich daran, und nach und nach glitt das Kalb mit der Plazenta heraus.

Es ist ein Kuhkälbchen, sagte ich.

Nach dem Mittagessen fuhr ich mit einer Einkaufsliste, die Sulamita mir mitgegeben hatte, in die Stadt.

Im Supermarkt begegnete ich Eliana.

Lange nicht gesehen, sagte sie. Eliana war schwanger und mit Alceu verheiratet.

Ich fragte sie nach den Kindern.

Es geht ihnen gut. Ich habe zu Hause einen Brief für dich. Er ist schon vor längerer Zeit angekommen, aber ich wusste nicht, wie ich dich finden sollte.

Ich fuhr sie und Alceu nach Hause, und dort übergab sie mir den Umschlag.

Als ich ihn öffnete, erblickte ich ein Foto von Rita am Strand im Bikini mit einem kleinen Mädchen auf dem Arm beim Eisessen.

Wenn du deine Tochter kennenlernen möchtest, wir sind hier.

Rio ist eine wunderbare Stadt, kein Vergleich mit dem Gestank nach Kuhscheiße und der Abgeschmacktheit von Corumbá.

Ich stand auf dem Gehweg und starrte auf das Foto, verdammt, das kleine Mädchen hat Ähnlichkeit mit mir, Rita. Mit beklommenem Herzen verbrannte ich das Foto. Wer weiß schon, welche Überraschungen das Leben noch parat hält?

Als ich auf meinen Hof kam, war Sulamita mit Regina und ihrer Mutter im Garten. Ihr Bauch war dick, unser Kind sollte in zwei Monaten zur Welt kommen.

Hast du die Palmen gesehen, die ich gepflanzt habe?, fragte sie mich und zeigte mir die Setzlinge. Dahinter sah man ein grünes Feld mit kleinen Büschen, die der frühere Eigentümer gepflanzt hatte.

Die Sonne ging gerade unter, und ein angenehmer Wind wehte zu uns herüber.

Ich setzte mich neben die Frauen und genoss die Landschaft. Es gibt nichts Schöneres als das Pantanal, sagte ich.

Diese Palmen sind wirklich schön, bemerkte meine Schwiegermutter und reichte mir ein Glas eisgekühlter Limonade.

Frjshsg. Regina gab ein Grunzen von sich.

Habt ihr gehört? Sie hat Palme gesagt, erklärte Sulamita. Genau, mein Schatz. Die Palmen sind schön.

Dank

Ich danke Jane Pacheco Belucci für ihre wertvolle Hilfe und Roberta Astolfi für ihre Mitarbeit bei der Recherche. Meinem Verleger Paulo Rocco und Marianna Teixeira Soares danke ich für ihre Unterstützung und ihre Begeisterung. Besonderer Dank gebührt wie immer meinem langjährigen Freund Rubem Fonseca für seine aufmerksame Lektüre und meinem Mann John dafür, dass er stets an meiner Seite ist.

Gestapelte Frauen

Im entlegenen Amazonasgebiet verfolgt eine junge Anwältin Gerichtsverhandlungen zu Frauenmorden. Immer näher kommt sie dem Leben der Opfer, immer eindringlicher werden die Bilder. Um der Wirklichkeit zu entkommen, flüchtet sie in eine Traumwelt an die Seite von Amazonen. Doch in der Realität scheint der Kampf um Gerechtigkeit ungleich schwerer.

Trügerisches Licht

In der glamourösen Serienwelt fühlt sich Fábbio wohl, jedes Autogramm eine Bestätigung seines Erfolgs. Sein Auftritt am Theater allerdings wird von der Kritik belächelt – bis er sich auf der Bühne erschießt. Selbstmord als Performance? Während die Presse sich überschlägt, ermittelt Azucena, Chefin der Spurensicherung, in einer grellen Scheinwelt.

Der Nachbar

Teuflisch krachend dringen die Geräusche des Nachbarn durch die Decke, bohren sich durchs Trommelfell, zerfetzen die Ruhe. Ein Plan muss her, der Frieden zurück. Eine offene Tür, ein falscher Schritt – und plötzlich findet sich der Geplagte mit einer Leiche wieder.

Leichendieb

Nahe der bolivianischen Grenze sitzt ein Mann am Flussufer und angelt, als plötzlich ein Flugzeug in den Strom stürzt. Darin findet er nur noch den toten Piloten – und ein Päckchen Koks. Er entscheidet sich, die Drogen zu behalten, und setzt damit eine rasante Entwicklung in Gang. Ein atemloser Roman über die Drogenmafia und das Böse in uns.

Ein wenig Glück

Ein psychologischer Spannungsroman um die Frage »Was ist Glück?«

Ein Kommunist in Unterhosen

Der Roman einer Kindheit, einer Epoche, einer Klasse und eines ganzen Landes.

Betibú

Ein filmreifer Thriller um Medien, Macht und Manipulation.

Der Riss

Eine Midlife-Crisis, ein Immobilienprojekt und eine Leiche.

Die Donnerstagswitwen

Die Reichen und Schönen der Gated Community und ihre tödlichen Geheimnisse.

Elena weiß Bescheid

Das Drama einer Mutter-Tochter-Beziehung und eine überraschende Wahrheit.

Ganz die Deine

Ein perfider Rachefeldzug gegen einen undankbaren Ehemann.

Der Privatsekretär

Románs rasanter Aufstieg führt ihn mitten in den Politiksumpf aus Machthunger und Intrigen.

Wer nicht?

Geheimnisse, Abgründe und gewöhnlich seltsame Menschen, denen das Leben eine Falle stellt.

Kathedralen

Piñeiro enthüllt die erdrückende Macht der Kirche und die dunkle Vergangenheit einer Familie.

Die Montevideo-Romane

»Ohne Erbarmen, dafür mit viel schwarzem Humor: sehr böse, im besten Sinn, wie Mercedes Rosende hier die Gesellschaft Uruguays und speziell der Hauptstadt Montevideo fies aufs Korn nimmt. Und: Krimi kann sie auch – vom Feinsten.«
Ulrich Noller, WDR

Falsche Ursula

Ursula ist unzufrieden. Zu hässlich, zu hungrig, zu allein. Da kommt ihr der mysteriöse Erpresseranruf eigentlich ganz gelegen: Man habe ihren Ehemann entführt, eine Million Lösegeld. Nur: Ursula hat gar keinen Ehemann. Grund genug, ihr kriminalistisches Talent auszuschöpfen und sich in ein abstrus herrliches Abenteuer zu stürzen.

Krokodilstränen

Der Schauplatz: die Altstadt von Montevideo. Der Coup: ein Überfall auf einen gepanzerten Geldtransporter. Die Besetzung: Germán, gescheiterter Entführer. Ursula López, resolute Hobbykriminelle. Doktor Antinucci, zwielichtiger Anwalt. Und schließlich Leonilda Lima, erfolglose Kommissarin mit einem letzten Rest von Glauben an die Gerechtigkeit.

Der Ursula-Effekt

Die resolute Ursula hat kurzerhand einen vermasselten Raubüberfall übernommen und sich die gesamte Beute unter den Nagel gerissen. Nur sind ihr jetzt die eigentlichen Verbrecher auf den Fersen. Aber Ursula ist in kriminalistischen Dingen verflucht begabt, und mit ein wenig Glauben an die Dummheit der anderen wird sie das Ding doch wohl schaukeln?

Der Mönch, das Kind und die Stadt

In einem Bordell von San José kommt ein einäugiges Kind zur Welt, das folgerichtig auf den Namen Polyphem getauft wird. Die Huren verstecken den Jungen, und Jerónimo, Ex-Mönch und Bruder der Bordellköchin, kümmert sich um ihn und bringt ihm die Welt bei, wie er sie aus den gelehrten Büchern kennt. Mit einer Baseballkappe über dem Auge bricht Polyphem aus in die Stadt und spielt mit den Straßenkindern. Jetzt ist auch Jerónimo bereit, sich von Polyphem mitnehmen zu lassen, und gemeinsam ziehen sie durch die Straßen und Märkte, der Mönch und das Kind.

»Fernando Contreras Castro vermischt auf geschickte Weise fantastische Elemente und eine äußerst bildhafte Sprache mit der nüchternen Realität einer heutigen Millionen-Stadt. Das Buch lässt einen mit seiner hoffnungsvollen Traurigkeit und seinen wunderbaren kleinen Geschichten am Rande bis zur letzten Seite nicht los. Mit Jerónimo glauben wir daran, dass alles seinen Sinn hat.« *Interkultur*